HISTÓRIA DE UM CASAMENTO

Geir Gulliksen

HISTORIE OM ET EKTESKAP
Copyright © Geir Gulliksen, 2015
Published by agreement with Copenhagen Literary Agency ApS, Copenhagen.
Esta tradução foi publicada com apoio financeiro de NORLA

Grafia atualizada segundo o Acordo Ortográfico da Língua Portuguesa de 1990, que entrou em vigor no Brasil em 2009.

Edição: Felipe Damorim e Leonardo Garzaro
Tradução: Leonardo Pinto Silva
Arte: Vinicius Oliveira
Revisão: Carmen T. S. Costa, Ana Helena Oliveira e Lígia Garzaro
Preparação: Leonardo Garzaro

Conselho editorial: Felipe Damorim, Leonardo Garzaro, Lígia Garzaro, Vinicius Oliveira e Ana Helena Oliveira

Catalogação na publicação
Elaborada por Bibliotecária Janaina Ramos – CRB-8/9166

G973

    Gulliksen, Geir

    História de um casamento / Geir Gulliksen; Tradução de Leonardo Pinto Silva – Santo André - SP: Rua do Sabão, 2022.

        Título original: Historie om et Ekteskap
        206 p.; 14 X 21 cm
        ISBN 978-65-89218-09-8

    1. Literatura norueguesa. 2. Romance. I. Gulliksen, Geir. II. Silva, Leonardo Pinto (Tradução). III. Título.

                                                      CDD 839.82

Índice para catálogo sistemático
I. Literatura norueguesa : Romance

[2022]
Todos os direitos desta edição reservados à Editora Rua do Sabão
Rua da Fonte, 275, sala 62 B,
09040-270 — Santo André — SP

🌐 www.editoraruadosabao.com.br
❋ / editoraruadosabao
◉ / editoraruadosabao
◯ / editoraruadosabao
◉ / editorarua
◯ / edit_ruadosabao

HISTÓRIA DE UM CASAMENTO

Geir Gulliksen

Traduzido do norueguês por
Leonardo Pinto Silva

sometimes I think this whole world

is one big prison yard

some of us are prisoners

the rest of us are guards[1]

---

[1] N.T.: "às vezes acho este mundo o pátio dum presídio imenso no qual muitos são os guardas e alguns de nós, os detentos". Em inglês, no original.

1

— Você poderia falar de nós?

— De nós?

— Me conte como se eu não soubesse de nada.

— Nós namoramos.

— Sim. E o que mais?

— Fomos mulher e marido. Nos casamos.

— E depois?

— Nos tornamos mamãe e papai. Tivemos filhos.

— Isso não. Fale de nós dois. O que aconteceu com a gente?

— Moramos juntos?

— Cuidamos um do outro?

— Como assim? Sim, cuidamos um do outro.

— Mas então um dia.

— Mas então um dia? Quer que eu conte?

— Preciso ouvir de você o que aconteceu com a gente. Não faço ideia.

— Também não está bem claro para mim.

— E mesmo assim você não pode me falar?

— Não sei se consigo. Não, não quero, não consigo.

— Em vez disso prefere que eu mesmo fale? Então vou contar.

2

Preciso revirar a memória para saber como ela se sentia naquela primavera, num daqueles dias antes de tudo acontecer. Ela estava na flor da idade, irradiando confiança por onde passava, em todas as situações. As pessoas em volta eram um bosque amistoso, por onde ela trilhava com desenvoltura, sentindo-se à vontade para conversar com qualquer um. Ela sempre teve cabelos compridos, mas depois que me conheceu os cortou curtinhos e os tingiu de preto. À noite, ela costumava dormir de lado, com uma mão debaixo da bochecha. Eu me deitava atrás dela, dormíamos nus, eu a abraçava, ela sentia o calor do meu corpo contra as costas. À noite éramos só nós dois, acordávamos de manhã cada um do seu lado da cama. Ela era despertada por mim ou pelas crianças. A casa era iluminada, nossas vozes eram mansas. Durante muito tempo não haveria outra lembrança possível, exceto esta, de uma felicidade inesperada e imerecida. Costumávamos sentar em volta de uma mesa ovalada, design dinamarquês, feita de aço e madeira laminada. Achamos a mesa muito cara no sábado em que a compramos, mas acabamos nos acostumando a ela, ficamos endividados e não demos a mínima. Sentávamos ao redor daquela mesa dia e noite, as crianças faziam as lições nela. Com o tempo, a mesa foi ficando grande demais, foi ela quem quis comprá-la, afinal, e a nova cozinha para onde a levou era menor. Por fim, ela a vendeu, e agora a mesa está na casa de outra pessoa: ganhou uma nova vida, como tudo mais que costumávamos compartilhar.

    Ela pedalava sua bicicleta sob as copas iluminadas das árvores. Respirando de boca aberta. Subia as escadas correndo toda vez que precisava ir para os andares de cima, sempre fazia assim. Jamais tomava o elevador, detestava ficar parada. Naquela manhã, fez uma apresentação para os empregados do ministério. Correu tudo muito bem, ela sentiu que conquistou a plateia (aqueles rostos: atraídos por ela como a grama verde crescendo em direção ao sol). Em seguida, o diretor de comunicações até quis marcar uma reunião. Eles concordaram em trocar mensagens por e-mail, várias pessoas a abordaram e lhe deram os parabéns pela palestra. E então, já na saída, um homem a fez estancar, ela não percebeu bem o porquê. Ficou parada esperando por ele, que se desvencilhava da multidão sem desviar os olhos dela. Aquele olhar, havia algo nele, algo carinhoso porém insistente, uma espécie de fluidez, era um olhar assertivo e suplicante ao mesmo tempo, ela não sabia dizer. Depois que tudo acabou, ela continuou sem saber, não conseguia explicar para si mesma, e certamente nem para mim.

    Ele era alto e chamativo, mas não apenas por ser alto. Seu rosto era oblongo, os olhos davam a impressão de serem tortos, ele tinha pequenas cicatrizes na pele, resultado da acne na adolescência, talvez. Não era tão bonito, é preciso dizer, mesmo para mim, que não posso ser considerado um espectador objetivo. Mas havia algo sedutor e incerto naqueles olhos, ou no sorriso, ou na maneira como inclinava a cabeça. Ela ficou esperando ser abordada, e ele sorriu enquanto se aproximava abrindo caminho pela fila que se arrastava lentamente para fora do auditório. Ela sentiu um calor súbito, não sabia por quê. Logo depois, os dois estavam frente a frente, e ela quis retribuir expressando um misto de satisfação e curiosidade no semblante: o que ele viera até ali dizer? Seu rosto procurava transmitir que havia sido fisgada, que não sabia bem ao certo o que ele queria, mas acolheria o que quer que fosse com calculada boa vontade. Ele começou a falar. Sobre saúde pública, justamente o que mais a interessava. Mencionou algo que ela mesma poderia ter dito, porém melhor elaborado, ela achou. Ou não? Parecia vagamente distorcido, o que ele disse, como se se esforçasse para acompanhar o raciocínio dela, mas em vão, pois não conseguia abrir mão de uma perspectiva própria. Esta última frase é uma interpretação exagerada da minha parte, ninguém precisa me avisar, eu mesmo reconheço. Ao contrário: ela achou a opinião dele enriquecedora, libertadora. Ele a acompanhou pela porta e os dois desceram as escadas juntos. Foram ao local onde ela estacionara a bicicleta e continuaram conversando enquanto ela destravava o cadeado e se preparava para ir embora.

Depois, veio pedalando sem pressa pelas ruas, a caminho do escritório, demorando-se mais tempo que o de costume. Tudo abria caminho para vê-la passar naquela manhã, as tílias e os plátanos, para ela pouco importava quais árvores eram, uma pega abanando graciosamente a cauda, as folhas que mal haviam brotado dançando ao sabor da brisa imperceptível. Ela se sentia bem. Estava de bem consigo e com a própria vida. Tudo lhe parecia vivo e acolhedor, aonde quer que fosse.

Nada a amedrontava.

Certa vez ela fora uma jovem garota, agora se tornara uma adulta. Quando me conheceu, tinha apenas vinte e cinco, já faz tanto tempo, e eu era poucos anos mais velho.

Eu a chamava de Timmy. O nome dela era outro, um nome feminino comum, do qual nem ela gostava tanto. Certa noite, nos primeiros meses depois que começamos a namorar, deitados na cama do velho apartamento dela, assistíamos ao desenho do Grilo Falante na TV. Na verdade nem prestávamos atenção, estávamos na cama fazia horas, tínhamos levantado e comido e nos deitado novamente, inteiramente dedicados um ao outro havia tanto tempo, ao que nossos corpos podiam fazer juntos, que agora precisávamos de uma pausa. Bebemos água, fui passando rapidamente os canais e ao depararmos, de relance, com um antigo filme da Disney ela me interrompeu e pediu que voltasse para o desenho. Ficamos assistindo e nos emocionamos, os dois, mas eu fui o único a chorar. Tinha uma filha pequena e estava distante dela naquele dia, na verdade havíamos passado a semana inteira longe um do outro, porque eu não queria estar com minha filha, queria estar ali, naquela cama, com aquela mulher. Foi por isso que chorei, ela percebeu. Embora tenha fingido que achou que eu me emocionara por causa do filme e, depois, me confidenciado que sempre preferiu o Grilo Falante ao Pinóquio, ao Tico e Teco, até mesmo ao Dumbo. E se identificava com o Grilo Falante porque o personagem sempre procurava ver o lado bom das coisas, de guarda-chuva na mão, cantando a plenos pulmões, esperançoso, mesmo quando tudo escurecia ao redor e ele não sabia sequer onde estava.

— Sou exatamente assim — eu disse. — Então você é a própria Timmy. Sempre querendo fazer tudo do jeito certo, sem nunca desistir.

Eu já a admirava naquela época, era a maneira como eu a amava. Ela só foi compreender isso bem depois, e por muito tempo ficou impressionada porque, aos meus olhos, parecia uma pessoa incrível. Ela respondeu que jamais havia se imaginado como um grilo, e eu disse, parte em tom de blague, parte em tom de flerte, que gostava muito do jeito como ela roçava as pernas nas minhas. Não quis implicar além disso, nem mesmo ser engraçado, e ela percebeu que logo me arrependi, que fiquei envergonhado, que não costumava dizer essas coisas.

Ela me fazia sentir mais livre do que nunca, ela percebeu, e isso a deixou emocionada, ou apaixonada, se é que existe uma diferença entre uma coisa e outra. Depois daquela noite, comecei a chamá-la de Timmy. O apelido grudou e se transformou em mais do que um simples apelido, tornou-se o nome dela, com o qual se referia a si mesma. Muitos de nossos amigos também começaram a chamá-la de Timmy, até seus colegas de trabalho, quando ela começou na repartição.

De volta ao escritório, ela tinha os olhos fixos na luz azulada da tela. Estava revisando um relatório. Trabalhava nele havia tempo, e hoje as coisas estavam fluindo melhor. Mantinha-se concentrada, não desviava a atenção abrindo as mensagens de e-mail ou espiando os portais de notícias. Pela janela, a vista dava para um parquinho de um jardim de infância. Mesmo enquanto observava as crianças brincando na caixa de areia, não desviou o foco do relatório. Tinha dúvidas em relação a algumas tabelas, os números não batiam ao final. Ela descalçou os sapatos sob a mesa e esfregou um pé no outro. Trouxe a mão para debaixo da blusa, tocou a barriga, deixou a mão alcançar o sutiã, correu os dedos por uma das alças.

O telefone tocou, ela precisou liberar a mão para atender. Era um colega que estava em casa com o filho doente e ligava para perguntar se ela poderia lhe enviar um documento. Localizou o documento numa pasta compartilhada e lhe enviou, e continuou de onde havia sido interrompida. Pensou no jantar, em mim. Pensou na perspectiva da saúde pública e na bicicleta, se o tempo estaria firme o bastante para pedalar na floresta no final de semana. Queria ir sozinha, ou com as crianças. De preferência sozinha, estava com vontade de pedalar mais rápido, se exercitar. Então se deu conta de que ainda era terça-feira.

Consultou o relógio. Havia trabalhado ininterruptamente por uma hora. Cogitou ir ao banheiro mijar, mas decidiu emendar até a hora do almoço. Depois, pediria à colega Kjersti para revisar alguns trechos. Mudou de ideia, contudo, decidiu fazer isso sozinha. Era ambiciosa e receava ser vista como uma profissional fraca ou, pior, incompetente. Pela tela, percebeu a sombra de algo se movendo. Do lado de fora da janela, uma ave surgiu esvoaçando, mirando uma árvore do jardim de infância. O corvo pousou num galho fino e ali ficou assentado, oscilando ao sabor do vento. Ela queria esperar um pouco mais para falar com Kjersti. Queria insistir um pouco mais no trabalho. O corvo saltitou para um galho mais grosso, esticou as asas e ficou imóvel com a cabeça inclinada, observando um grupo de crianças, ainda pequenas, talvez de dois anos, sentadas quietinhas na areia com pazinhas nas mãos. Apoiavam as pás na areia sem cavoucar, ainda não sabiam como fazer isso.

Ela se espreguiçou, demoradamente, com os braços estendidos no ar. A camisa deslizou e deixou a barriga à mostra. Pensou no homem com quem havia falado mais cedo naquele dia. Tinha certeza de que ele tentara flertar com ela, que não correspondeu, mas foi simpática e receptiva, ele deve ter reparado. Gostou de ter conversado com ele. Gostou das mãos dele. Imaginou-as segurando suas coxas, mãos masculinas ásperas sobre a pele alva e macia. Ela gostava das coxas que tinha, agora sim, antes não, absolutamente não, eram finas demais, mas depois que passou a correr as coxas ficaram mais fortes, musculosas. Podia sentir os músculos internos ali mesmo se estivesse sentada, em repouso. Ela cogitou me contar logo mais sobre o homem que a abordara após a apresentação. Eu certamente iria gostar. Assim como ela gostava do que acontecia entre nós quando me contava sobre outros homens nos quais reparava, ou que reparavam nela. Eu gostava de ouvi-la contar, ela sabia. Só não sabia por quê, mas não era importante, não era preciso problematizar tudo.

Ela se levantou e foi até o corredor. Tinha esquecido que estava descalça, voltou e calçou os sapatos. Foi até a sala de Kjersti, a quem já tinha pedido ajuda antes. A porta estava aberta e a sala, vazia, mas a tela do computador continuava acesa. Ela poderia ir mijar, talvez Kjersti retornasse nesse meio-tempo. O corredor estava deserto, muitos colegas haviam saído para uma reunião fora do prédio. Passou pela recepção e cumprimentou a pessoa sentada atrás do balcão, uma substituta. Até lhe ocorreu parar e dizer algo, mas não quis perder a concentração. Foi ao banheiro, trancou a porta e ficou parada em pé diante do espelho. Admirou a própria aparência e gostou, embora o cabelo estivesse um pouco comprido demais. Queria fazer algo com aquele cabelo. Cortá-lo e tingi-lo. Imaginou também que deveria começar a se maquiar mais. Um pouco de delineador não faria mal, eu não iria gostar, mas com o tempo acabaria me acostumando. Ela sentou-se, escutou o ruído do jato de urina borbulhando na água. A felicidade daquilo. A alegria de mijar com força, a alegria de se limpar depois, pensativa e lentamente, a alegria de tornar a se vestir, embrulhar-se nas roupas como uma criança pela manhã, e então lavar as mãos. Esfregá-las bem e cheirá-las, sentir o perfume suave do sabonete e a maciez da pele úmida.

    Ela estava de saída, mas mudou de ideia e voltou para o espelho. Examinou o próprio rosto enquanto enfiava a mão por dentro das calças. Estavam muito apertadas, abriu o botão e as puxou para baixo. Tateou o próprio corpo, levou os dois dedos para aquele vão liso que pertencia ao interior do corpo. Era difícil fazer isso com as calças arriadas nos joelhos, mas ela gostava daquele aperto, daquela dificuldade. Mexeu a ponta dos dedos e se admirou no espelho. Um discreto rubor no alto das bochechas. Pensou no relatório. Pensou se seria capaz de gozar ali, masturbando-se diante do espelho do escritório. Provavelmente, não. Neste caso, seria preciso algo mais. Algumas imagens borradas lhe surgiram na mente e novamente se dissiparam, imagens de corpos nus.

    Foi assim que aconteceu? Não, estou indo longe demais, tudo aponta de volta para mim, para meu repertório, meu registro habitual, e não para ela. Então foi assim: ela foi rapidamente ao banheiro, com a cabeça apenas no relatório, olhou de relance para o rosto no espelho enquanto lavava as mãos. Notou algo diferente no semblante, mas não sabia precisar o quê. Alguém cruzou o corredor, ela ficou parada um tempo esperando que os passos se afastassem e o silêncio voltasse.

Então se deu conta do que estava faltando, de repente, algo lhe ocorreu com súbita clareza. Abriu a porta do banheiro e saiu apressada pelo corredor. A sala de Kjersti continuava vazia, ainda bem, e ela retomou o trabalho de volta ao escritório antes mesmo de se sentar na cadeira. Queria imprimir o relatório e revisá-lo desde o começo mais uma vez. As premissas estavam expressas de maneira muito vaga, desde o início essa impressão ficava muito evidente. Caminhou até a impressora torcendo para não cruzar com ninguém. O corredor estava vazio, a impressora fazia um chiado e cuspia delicadamente as folhas quentes em sua mão. Sentiu vontade de cantar, mas quase nunca cantava, não depois que as crianças cresceram. Sentiu vontade de correr, imaginou-se subindo apressada uma escada longa e íngreme em cujo topo não havia nada. Correu até o topo, sem querer olhar para trás, era como num filme, num sonho, num filme que lembrava um sonho. O corredor, comprido e deserto, ecoava os passos atrás de si, obrigando-a a dar meia-volta para se certificar que estava mesmo sozinha. Sentou-se na cadeira do escritório com as folhas no colo. Descalçou os sapatos, empurrou a cadeira para trás e apoiou os pés na mesa. Tinha pés grandes e gostava deles, gostava de andar descalça, gostava de sentar e esticar os dedos dos pés.

Estava com fome, mas, como ainda faltasse uma hora até o almoço, satisfez-se com uma maçã. Roeu a fruta até o miolo, que equilibrou no batente da janela. Havia dois outros miolos de maçã ali, ela jamais faria coisa parecida na janela de casa, mas aqui até que gostava. Fora de casa era permitido um pouco de bagunça, era permitido liberar-se das minhas exigências de limpeza e organização. Vozes no corredor, eram os colegas que voltavam da reunião externa. Prestou atenção nos passos, o farfalhar apressado de bolsas e jaquetas, fragmentos de conversas ecoando pelas paredes, reconheceu cada uma das vozes.

Firmou os pés no chão e arrastou a cadeira para mais perto da tela. Abriu o documento novamente e começou a digitar as correções que havia feito à mão. Resistiu ao desejo de dar um alô para os colegas que passavam, não queria se distrair justo agora. Em vez disso, aprumou-se ostensivamente na cadeira para deixar claro que estava ocupada, concentrando-se em parecer concentrada, e assim perdeu a concentração. Quis desistir. Quis sair para tomar um ar. Quis procurar no Google o nome do homem com quem havia conversado mais cedo. Levantou-se, foi ao corredor e dali à sala de Kjersti. A colega ainda não estava lá. Lembrou-se então de que Kjersti tinha avisado que iria ao médico. Caiu em si novamente, havia decidido fazer uma pausa, e a primeira coisa que fez foi conferir o e-mail. Ela não dizia correio eletrônico, dizia e-mail, como a maioria das pessoas, era eu quem dizia correio eletrônico, eu quem queria que ela dissesse correio eletrônico em vez de e-mail, mas ela nunca se acostumou a isso. Todo mundo dizia e-mail, por que haveria de não dizer? Apostava no pragmatismo enquanto eu escolhia a alternativa mais difícil. Sendo assim, conferiu os e-mails e não havia muito o que ver, exceto por uma mensagem minha.

Escrevi que pensava nela, que pensava no que havíamos feito algumas horas antes. Ela havia esquecido e agora se lembrava de estar de quatro na cama, apoiada nos cotovelos e joelhos, enquanto eu a penetrava com força, do jeito que ela gostava. Segurando-a pelos quadris, pouco depois passando minha mão pelo seu pescoço, empurrando seu rosto contra o travesseiro. Ela recordou-se da própria voz, do jeito como gritava. Gostava de ouvir os próprios gritos. Eu a possuindo, ela se deixando ser possuída, aos gritos. Gostava de pensar assim, de como era possuída. Pouco antes nos olháramos no espelho, dois corpos, um sobre o outro, um fazendo algo com o outro, o outro permitindo esse algo ser feito. Ela sentiu um frêmito, uma espécie de pontada no abdômen, ao reviver essas lembranças.

Ela me respondeu de forma breve e amorosa, no mesmo clima com que lhe havia escrito. Era assim que costumávamos nos corresponder. Voltou a atenção ao parquinho, um daqueles pequenos seres virou-se para ela, certamente olhando para o céu, mas a impressão que teve é de que ele queria encará-la nos olhos. Eu tinha dito que estava cogitando ter mais filhos. Ela não queria, de modo algum, havia muito tempo que essa possibilidade era parte do passado. Tínhamos dois filhos juntos e, além deles, minha filha do primeiro casamento, já estava de bom tamanho. Ela queria trabalhar mais. Queria se exercitar mais, correr, pedalar, aprender a escalar. Queria fazer tudo que uma pessoa adulta poderia fazer quando não precisa mais se dedicar aos filhos pequenos.

Os outros e-mails eram um aviso de reunião no escritório e várias atualizações do grupo de discussões do Ministério da Saúde. Até considerou responder a última mensagem, mas decidiu apagá-la. A alegria de se livrar de pequenos estorvos. Em vez disso, enviou um e-mail para Kjersti perguntando, meio de brincadeira, no mesmo tom com que as duas sempre conversavam, se ela faria o favor de ajudá-la a revisar as tabelas do relatório. Fazia tanto tempo que trabalhava nele que o relatório parecia ter assumido uma personalidade própria. Do tipo difícil, ranzinza, que só faz o que quer, sempre havia algo errado com ele. De tanto ouvi-la falar do assunto, acabava perguntando como o relatório estava se sentindo: *E então, tudo bem com ele hoje?*

Conversávamos sobre o trabalho, com frequência, especialmente sobre o trabalho dela. Ela costumava compartilhar tudo comigo. Ou quase tudo: conflitos, negociações, pequenos aborrecimentos, mas também aquilo que achava interessante, divertido ou instigante. Sentia-se bem na função, tinha ela mesma consciência disso, era dessas pessoas que dão o melhor de si no que se dispõem a fazer, para quem nada parece difícil.

Conferiu as notícias nos portais, displicentemente, sem prestar muita atenção ao que ia aparecendo na tela. Então surgiu uma nova mensagem de e-mail, ela não reconheceu o nome do remetente a princípio, não até começar a ler. Ele agradecia pela conversa que tiveram, a cumprimentava novamente pela apresentação; ela então se recordou da voz, do interesse, do charme ou do que quer que fosse. Algum outro fator teria sido, pois ao longo do texto, de resto elogioso e positivo, pôde perceber algo mais: ele não havia desistido.

Ela pressentiu uma leve resistência, uma certa tensão no ar, e isso a deixou desconcertada. Ou, quem sabe, o sujeito fosse apenas autocentrado, pois escrevera sobretudo para expressar suas próprias opiniões, aparentemente convencido de que interessariam também a ela. Sugeriu até que os dois pudessem trabalhar juntos, citando um projeto em andamento no ministério com o qual achava que ela poderia colaborar. Ainda que de início relutante, ela se encantou com essa possibilidade, embora não tivesse nem tempo nem vontade de assumir mais um projeto. Por fim, ele escreveu, *só de passagem*, que eles moravam não muito distante um do outro. Ele teve essa impressão quando a viu falando ao auditório, mas não sabia dizer de onde a conhecia. Bingo! Os dois eram quase vizinhos. Ela também gostava de fazer cooper, não gostava? Certeza que sim, ele escreveu. Estava convencido de que já a tinha visto correndo pela calçada.

Por isso havia pesquisado seu nome para saber onde morava, talvez no mesmo instante em que ela pensou em pesquisar o nome dele. Ele tinha descoberto o endereço, mas não só. Devia tê-la visto antes, correndo. Talvez tenha associado àquele corpo esbelto o hábito da corrida?

Ele escreveu "fazer cooper", quem ainda usa essa expressão? Tão datada, uma coisa meio década de oitenta ou noventa, um pouco estranha. Isso me fez lembrar dos óculos dele, as lentes amarronzadas. Ela pesquisou seu nome e se surpreendeu por ele ser mais velho do que imaginava. Não morava tão distante, ela sabia exatamente qual era a casa, já tinha passado correndo em frente várias vezes. Vasculhou a memória para lembrar se já o tinha visto antes. Conferiu as fotos e percebeu algo que a deixou impressionada. Um quê de vulnerabilidade. Ele era autocentrado, sim, mas afetava uma certa fragilidade. Ela descobriu várias fotos, uma delas na página do ministério na internet, outra de uma entrevista a uma revista especializada em esportes. E então deu com as fotos na página oficial de uma equipe esportiva.

Ele era treinador de esqui.

Ela ficou absorta, com o olhar perdido, imaginando que um dia também gostaria de fazer aquilo.

Tomou um baita susto quando percebeu Kjersti ao lado, de repente, não a ouviu se aproximar.

— Que rosto!

Quis fechar a página a tempo, mas não conseguiu, daria muito na vista, como se estivesse tentando esconder algo. Em vez disso, girou na cadeira e encarou Kjersti, tentando atrair sua atenção para que ela desviasse os olhos da tela.

— Você me mata de susto quando entra aqui assim.

— O Martin diz que eu caminho pisoteando o chão como um cavalo galopando.

— Quanta gentileza da parte dele.

— Vá saber... Nossa casa tem tantas escadas, deve ser por isso. Ele diz também que eu respiro como uma baleia.

— Pelo visto ele te ama incondicionalmente.

— Acho que não. Ele está apenas esperando acontecer. Cada vez que vou ao médico ele torce para ser algo sério. Prefere ficar viúvo do que se separar, vaidoso como ele só. Mas o teu marido te ama, isso é fácil perceber. E mesmo assim você fica aí admirando esse outro?

— Ele quer que eu participe de um projeto do Ministério da Saúde e Assistência Social.

— Um *projeto*. É assim que chamam agora?

— Pare com isso, Kjersti. O interesse dele é puramente profissional.

— E você acreditou?

— Kjersti, preciso de ajuda.

— É o relatório que está deixando você assim?

— Acho que as tabelas estão erradas.

— Não é melhor falar com o sujeito que fez a tabulação?

— Eu sou a responsável pelo relatório. Tenho dúvidas se as premissas estão certas.

— Me mostre os erros, então.

Kjersti arrastou a cadeira para junto da tela e se sentou. As duas costumavam se sentar lado a lado para trabalhar. Em casa, ela me contou de Kjersti, do seu barco a vela, do seu casamento, das piadas de mau gosto que fazia, de como era escrupulosa, de como se atinha a detalhes. E contou de mim para Kjersti. Deve ter contado, não sei o quê, suponho que de sua vida conjugal feliz. Provavelmente, deve ter contado. Éramos orgulhosos do nosso casamento, tanto ela como eu, como fazem os casais que têm filhos e saem com eles para passear e se exibir ao mundo, como se ninguém mais pudesse experimentar tamanha felicidade.

Ela fechou as páginas dos sites que estava visitando, fechou também o programa de e-mail e voltou ao relatório. O restante do dia passou trabalhando nele com Kjersti. Saiu do trabalho um pouco mais tarde que o habitual, pois sabia que eu estava em casa. Mesmo assim, mandou uma mensagem avisando que estava a caminho.

E que me amava. Deve ter dito, não era assim que costumava fazer? Ela não se lembra ao certo. De qualquer forma, aquela pessoa que vivia comigo não existe mais. Aquele eu que vivia com ela tampouco. No passado, nós existimos, vivemos juntos, e agora que essa vida chegou ao fim ela já esqueceu de quem fomos. Ela está além das fronteiras do que aconteceu, assim como eu. Ninguém consegue mais saber como costumávamos falar um com o outro. Quem era aquela pessoa que vivia comigo? Ela se lembra do modo como eu a olhava. Cada vez que ela cruzava a sala eu interrompia o que estava fazendo para observá-la. Acontecia de ela reparar em mim também, não muito a cada vez, nem com tanta frequência. Mas ela deve se lembrar de que nossos olhares se cruzavam, sem que nada acontecesse, sem que nada fosse dito. O que diziam aqueles olhares? Que éramos felizes juntos, com nossas vidas, que tudo corria bem? Que tínhamos um ao outro, que construímos uma vida em comum, que ela gostava de estar comigo.

Ela me olhava com uma ternura e um carinho assustadores. Não tão assustadores para mim, e nem mesmo para ela, não naquela época. Só mais tarde é que passou a ver a ternura e o carinho que sentíamos um pelo outro como nada além disto: algo que intercambiávamos, nós apenas, uma espécie de tributo que pagávamos para desfrutar a companhia do outro.

Lá estava ele, num dos aposentos, o sujeito que era o marido, o cara que costumava admirá-la enquanto ela caminhava de um lado a outro da casa. Agora, ela não lembra mais do meu rosto, não consegue recordá-lo, exceto nas ocasiões em que esbarramos por acaso. Não é mais capaz de recordar como esse rosto lhe dava atenção, de como eu a encarava, abertamente. Sabe que era desta forma que eu a via, inteiramente desarmado, admirando-a sem mesuras, apaixonado, mas não guarda mais na lembrança a sensação de viver sob esse olhar, sendo admirada por esse rosto.

Ela voltou para casa de bicicleta, driblando o engarrafamento do fim de tarde. Costumava pedalar o mais rápido que podia, em parte para se exercitar, mas sobretudo porque detestava topar com bicicletas à sua frente. E também porque adorava chegar em casa. Mas não hoje. Atenta às mãos, ao guidão, aos pedais, aos pés e ao asfalto manchado sob os pneus. Não estava com pressa. Ao chegar, apeou-se do selim e veio empurrando a bicicleta pelo portão. Passou-lhe o cadeado e veio a passos lentos sobre o cascalho. Algo, alguma coisa a detinha. A mochila estava cheia de papéis, ela trouxe uma pilha de documentos que pretendia revisar naquela mesma noite, enquanto ainda tinha fresca na memória a conversa com Kjersti. Passou pela janela da cozinha e me avistou lá dentro, junto à bancada. Ouviu também o barulho das crianças, mais ao fundo. Percebeu o cheiro da comida pronta, a música ecoando do rádio pelas portas e janelas abertas.

Algo a mantinha hesitante, mas ela afastou esse pensamento para longe. Não consegue recordar o que estava vestindo. Não se lembra se era um vestido, um de mangas curtas porque já era quase verão, ou o de tecido leve com bolinhas vermelhas e verdes. Ou o vestido de denim escuro que eu havia lhe presenteado. Ou o de listras azuis claras e escuras. Ou o de duas peças, vermelho e verde, com gola e um cinto fininho para amarrar na cintura. Ou seria o vermelho, aquele aberto no colarinho, mas será que ela se atreveria a usá-lo para dar uma palestra? Era mais provável que estivesse vestindo um tailleur, talvez com uma saia leve que descesse até os joelhos, e uma blusa. Uma blusa branca, ou a marrom, quase dourada, com um debrum na gola. Era um pouco apertada aquela blusa, o tecido entre os botões ficava esgarçado, deixando sua pele clara à mostra. Um pouco vulgar, ela costumava achar, mas em determinados dias decidia vesti-la mesmo assim. Podia também estar usando uma calça e uma camiseta, a calça de sarja e a camiseta lilás, aquela com estampa floral. Começara a comprar roupas mais caras, e sabia muito bem em quais lojas as peças haviam sido adquiridas, cada uma delas, tanto aquelas que comprou sozinha quanto as que eu lhe presenteei, mas não era esse pensamento que a detinha agora. É possível que estivesse com um vestido de mangas curtas, aquele mais claro que parecia uma camisa na parte de cima, com a gola firme e pregas na parte de baixo, bem largo nos joelhos, lembrando mais uma saia. A vantagem desse vestido é que combinava muito bem com a jaqueta cinza que ela gostava de usar, aquela que Kjersti apelidou de jaqueta profissional de escritório.

Mas já chega.

Ela chegou em casa, veio falar comigo e com as crianças, nós a esperávamos, como de costume. Todos gostavam de tê-la em casa, ficávamos felizes em tê-la por perto, cada um a seu modo. Eu, junto à bancada, me virei na sua direção, ela percebeu que fiquei feliz em vê-la, tomado por um sentimento de amor e ternura. Me aproximei para abraçá-la, ela correspondeu ao abraço, discretamente, e não sentiu nada além de um alívio, uma espécie de prazer entorpecido. Quem não gostaria de ser recebida em casa assim, quantas pessoas jamais experimentam essa sensação, por mais que desejem? Era uma mulher tão cercada de carinho e ternura havia tanto tempo que talvez tivesse se habituado a isso, talvez estivesse até mal-acostumada, alguém poderia dizer, ou talvez tenha começado a se entediar. Ela estava prestes a dar um outro passo, para além do nosso mundo, aquele mundo que ela e eu compartilhávamos, rumo a outro diferente. Só que ainda não sabia, não tinha consciência de que eu não poderia alcançá-la. *Que desperdício*, jogar tudo aquilo fora, no lixo.

Lá estávamos nós, num canto qualquer da casa. Nossas vozes reverberando nas paredes, nossos corpos sentados em cadeiras, deitados nas camas, os braços estendidos alcançando controles eletrônicos, segurando telefones, xícaras, pratos. Ela adormeceu no sofá, acordou, eu estava sentado lendo, um de nós teve que ajudar as crianças com as lições. Ela assistia à TV enquanto eu lia ou escrevia, ela folheava seus documentos, nós dois sentamos um ao lado do outro para conversar como fazíamos, uma conversa franca, sincera. Ela me contou algo a respeito do trabalho, uma discussão sobre a gestão. E então mencionou um homem que tinha conhecido. Perguntei, ela respondeu, foi um diálogo leve e descontraído, ri de um detalhe que contou sobre ele, que usava camisa e gravata larga e estampada, um comentário jocoso que, entretanto, não era depreciativo. Ela mesma se deu conta disso, que o descreveu para mim com um certo charme, como se estivesse fascinada — era fascinante que nunca tivesse ouvido falar daquele homem antes e, agora, de repente, ele existisse, vivendo bem próximo de nós, vestindo uma camisa branca com uma gravata larga, disposto a abordá-la daquela maneira.

Pouco depois, ela foi para outro aposento atender o telefone, era sua irmã. Nosso caçula a interrompeu e ela gritou por mim, chamou meu nome, da forma como costumava me chamar. Disse ao pequeno *pergunte ao papai* e retomou a conversa com a irmã. Algo tinha acontecido, a irmã queria se separar. Estivemos perto disso, chegamos a nos sentir ameaçados até, mas não levamos adiante, não era oportuno, nos considerávamos seguros na nossa vida em comum. A cozinha já estava limpa e arrumada, as lâmpadas da casa foram sendo acesas à medida que escurecia. E, logo mais, seriam apagadas, uma após a outra.

Fomos nos recolher, entramos juntos no banheiro, escovamos os dentes, ela apoiou a mão no meu ombro, despretensiosamente, sorriu para mim no espelho. Deitamos nus na cama. Ela se virou para mim, eu me virei na direção dela. Uma mão na coxa, uma bochecha no ombro, a mão em volta do pescoço, os dedos entre os cabelos. A boca se abrindo para a boca do outro, um deitando-se sobre o outro, um de nós gemeu, em seguida, o outro também. Nossas vozes naquele quartinho pareciam triunfar sobre a solidão, era isso que sentíamos. E, mesmo assim, quando mais tarde ela voltou a pensar naquelas vozes ecoando no teto escuro do quarto, teve a impressão de que eram o lamento de duas pessoas ansiosas e solitárias. Como se fossem um pedido de socorro e estivéssemos ali cada um por si.

No dia seguinte, ela enfia os pés nos tênis de corrida, amarra os cadarços e grita para mim ou para as crianças avisando que voltará em uma hora. E então sai pela porta. Pode não ter sido no dia seguinte, é possível que tenham transcorrido alguns dias, mas esse intervalo foi apagado de sua memória. Como a maior parte da nossa vida juntos: sumiu, ela não sabe mais. A única coisa de que se lembra desse período é do primeiro encontro com ele, do segundo, do terceiro. E então se recorda de como tudo em volta dela desmoronou.

Era uma tarde, o sol já caía no horizonte, ela havia vestido o agasalho de treino e saído pela serventia de cascalho, cheia de expectativas, como sempre fazia. Sempre esperando que algo bom lhe acontecesse. E tudo lhe correspondia. Fechou o portão ao passar e começou a correr, primeiro num ritmo mais leve, percorrendo a rua onde morávamos. Quando chegou ao fim da rua, esgueirou-se como uma criança pela cerca, por uma abertura que conduzia ao coração do bosque. Lá, apressou o passo. No início da trilha, cruzou com algumas pessoas, e precisou parar ou abrir caminho para que passassem, mas, à medida que avançava pelo meio da mata, mais acelerava o ritmo.

O solo estava escorregadio e humoso, a trilha rangia sob suas passadas. Ela escutava a própria respiração, o pulso reverberava nas têmporas, o ombro lhe doía um pouco. Tudo isso cederia assim que estivesse aquecida, ela sabia e ansiava por esse instante, ansiava por acelerar o ritmo para finalmente nem se dar mais conta de que estava correndo. A trilha margeava uma área residencial. Ela costumava seguir pelo meio da floresta, de onde nem era possível avistar o casario, num percurso que se espraiava por um emaranhado de trilhas na mata, mas ela resolveu ir para um local mais iluminado, a luz do entardecer era tão bela refletida nas fachadas das casas...

E então, como num sonho em que tudo acontece de acordo com um plano que só se descortina como plano no final, passou correndo pelas casas cujos jardins faceavam a mata. O homem que havia lhe enviado o e-mail morava numa delas, ela reconheceu a casa assim que a viu. Um pequeno sobrado da década de 1960, não muito bem conservado, com uma pilha bem organizada de lenha seca diante da garagem. Uma velha rede no jardim e uma pá de neve que não fora recolhida depois do inverno. A casa passou muito tempo desocupada, ele se mudou para lá havia uns dois anos apenas, instalou-se sem fazer nenhuma reforma, não se preocupava com isso, pelo menos era o que ela tinha entendido.

E ali, bem diante da casa, estava ele, exatamente como ela havia imaginado que estaria. Ela mal se dera conta de que esperava por isso, mas agora tinha a certeza: ele só poderia estar bem ali, como se esperasse por ela. Havia saído para correr e agora estava se alongando. Parecia concentrado, sério, imerso no exercício, não olhava nem para um lado nem para outro. E mesmo assim, ele a avistou. Os dois se reconheceram de longe, ele ergueu a mão e acenou. Como se estivesse ali esperando por ela. A mão parada no ar, disso ela se lembra, e do rosto dele quando se aproximou. Aqueles olhos que se estreitavam cada vez que ele sorria, ela reparou.

Ele saltou sobre a mureta de pedra e esperou que ela se aproximasse. Determinado. Como sempre, pensou ela, embora mal o conhecesse. Mas já reconhecia uma conduta que era típica dele, pois a identificou assim que o viu, e então ele disse:

— Correndo bastante?

A réplica foi breve, mas receptiva, ela queria dar a impressão de ser autêntica e estar comprometida com o exercício, o que não era difícil, tratava-se de algo que lhe caía sem problemas, e também a ele, ela achou. Os dois já estavam se entendendo bem. Ela mencionou o nome de um lugar. Mais ou menos uma hora indo e voltando, ela sabia. Como ele havia acabado de correr, ela não esperava que fosse lhe oferecer companhia. Mesmo assim, fez o convite e ele respondeu:

— Com prazer.

Ele abriu os braços, cortês e galante, para que ela seguisse na sua frente. E ela obedeceu, ou, que tipo de palavra é essa, ela não era do tipo que se deixava levar tão facilmente. Mesmo assim. Parecia que ele estava assumindo o controle, embora o convite tivesse partido dela. Ela saiu correndo na frente, escutando os passos logo atrás. Demorou um pouco ajustando o ritmo, era como se ela *se deixasse correr*, esta é uma expressão minha, eu quem lhe falei certa vez depois que terminei meu exercício numa esteira da academia. Voltei para casa me sentindo invadido pelo equipamento, dizendo que tinha a sensação de *ter sido corrido* mais do que propriamente me exercitado. Tão típico da minha parte, pensou ela então, me sentir invadido até mesmo por uma esteira de corrida. Mas tudo isso agora deixara de existir para ela. Ela corria pela trilha, na frente de um homem que não conhecia, sentindo que estava sendo observada por ele.

Correndo mais rápido para retomar o controle. Sentindo-se poderosa. Ele decerto era mais forte, isso ela sabia, já tinha reparado no físico atlético. Suas coxas naquele calção eram mais grossas do que tinha imaginado. Mesmo assim, reparou que ele respirava ofegante e acelerou o ritmo para impressioná-lo. Ele deve ter percebido, e gostou, pensou ela. Eles desafiavam um ao outro, corriam bastante tempo sem trocar uma palavra, sem sequer olhar de lado. Ela sabia muito bem quem vinha logo atrás. Os tênis martelavam o chão, ela ouvia a respiração dele, podia até sentir o volume do seu torso, a potência daqueles pulmões. Ele parecia forte, até um pouco acima do peso. Era mais alto que eu, nisso ela logo reparou. Ela corria sem dificuldades, dava passadas mais largas quando tinha vontade, saltava de um lado para o outro quando precisava se desviar das pedras, mas começou a se cansar, e isso a irritou, não queria ser ultrapassada.

Estava convencida de que ele não tirava os olhos de sua bunda, chegava a sentir aquele olhar como o toque quente de uma mão, bolinando primeiro uma nádega, depois a outra. Ela sentiu que aquele olhar agora se desviava mais para baixo. Havia chegado numa clareira onde a trilha se alargava e diminuiu a velocidade para que ele a alcançasse.

Em vez disso, ele a ultrapassou.

Era um comportamento tão típico e já indicava um padrão. Era assim que eles interagiam, os dois. Uma competição real, uma rivalidade franca, sem suscetibilidades feridas. Brincavam um com o outro, embora houvesse algo desafiador em tudo que faziam. Ele imprimia um ritmo forte, sem a intenção de lhe facilitar as coisas. Ela foi ficando para trás, a distância aumentou mais do que gostaria. Estava dando tudo de si, esforçando-se além do limite. Mas então ele deve ter cedido um pouco, afinal, pois logo ela estava em seu encalço novamente. Correram morro acima, a bunda dele se movendo, dando a impressão de ser firme, um pouco mais achatada que a dela, como era de esperar, mas suas coxas não tinham pelos e os feixes tensionados sob a pele ficavam aparentes. Suas costas eram esguias, ressaltavam os músculos, o pescoço estreito e os tendões no pescoço avermelhado. Ele usava uma aliança no anular direito, devia ser casado ou deitar sobre alguém que punha as mãos naquelas costas e o acariciava. Como ela detestou essa ideia.

Porém não tinha como ter certeza, uma vez que nada daquilo eram cartas postas na mesa, ela ainda estava em compasso de espera. A atração entre ambos ainda era inconsciente, nutria-se dos mínimos indícios. Ele corria com as mãos abertas, ela sentiu uma vaga atração por aquelas mãos, pelo modo como ele as estendia diante de si.

De repente ele parou, virou-se para ela e disse que queria lhe mostrar algo. Saiu da trilha, abriu passagem empurrando os galhos para o lado, segurando-os pelo tempo suficiente para ela atravessar. Ela o acompanhou até o alto de uma pequena colina. Conheço essa floresta como a palma da mão, disse ele mais tarde, e ela acreditou, usou essas mesmas palavras para me contar o que tinha acontecido. Essa expressão, uma comparação desproporcional entre a paisagem e a palma da mão, uma expressão tão ilógica e vulgar, era o melhor que tinha a me oferecer naquele momento. Ela o seguiu até um local onde não havia mais árvores, apenas arbustos e pedras, e avistou o último trecho acima, por onde teriam que seguir escalando, abrindo caminho por entre rochedos esparsos. Ele aproveitou a ocasião para segurá-la pela mão e içá-la, ela apertou firme aquela mão, sentiu-a apertar a sua e pensou, deve ter pensado, que aquela era a primeira vez.

Ele a segurou firme e a puxou para próximo de si. E então os dois sentaram-se ali, no topo, sobre uma pedra achatada. Para admirar a vista sob a luz do poente. De lá não se via a cidade, não se via o fiorde, nem mesmo o pequeno lago. Nada se avistava além do dossel das árvores. Abetos escuros, pinheiros ligeiramente mais claros, alguns cinturões verdes claros de árvores decíduas entre uns e outros. Os vários tons da floresta temperada. Montes, colinas, montanhas e depressões — uma infinidade de árvores em diferentes matizes de verde.

Era isso que ele queria lhe mostrar.

E para ela foi o descortinar de uma beleza incrível, uma paisagem que ela nem imaginava que existisse. Eles sentaram-se bem próximo um do outro, ela ainda estava ofegante depois da corrida. Ele também, felizmente. Ela sentiu a pele dele roçando a sua, na altura da perna. Ele afastou a perna para mais longe. Ela o acompanhou, moveu o joelho para que suas pernas se tocassem novamente. Dessa vez ele não se recolheu. Os dois ficaram ali um bom tempo, enquanto ele lhe mostrava por onde costumava correr. Apontando e explicando, contando histórias sobre os caminhos que fazia para se ausentar do mundo. Como se possuísse todos os lugares para onde apontava, como se se apossasse daquela paisagem inteira e se assenhorasse dela.

Será que ela percebeu pelo tom de voz que ele parecia constrangido por estar sentado assim tão perto? Ela recolheu a perna para não dar tanto na vista, para que não fosse mal interpretada. Afinal, tinha um casamento feliz, estava apenas desfrutando o momento de conhecer um homem que se mostrou muito interessado em conhecê-la. Sua atenção se voltou para os braços dele, seus antebraços, eram bronzeados e ásperos como um cinto de couro. Talvez desejasse colocar as mãos sobre aqueles braços, talvez até já soubesse como seria essa sensação. Ela estava relaxada e descontraída, e havia muito não se sentia tão vigorosa. Sentiu um leve tremor lhe atravessar o corpo e se perguntou de onde vinha aquilo. Mãos grandes. Ele roía as unhas, não muito, mas o bastante para ficarem retraídas sobre as pontas dos dedos. Ela jamais imaginou que fosse achar aquilo bonito, mas achou. Ficou remoendo os pensamentos, se deveria voltar para casa e me contar sobre ele. Estava ansiosa para ver a expressão no meu rosto, sabia que eu ficaria surpreso.

3

Ela já era adulta quando decidiu começar a correr. Corria pelas ruas, sobre o asfalto empoeirado coberto por uma fina camada de areia, sobre a pista escurecida pela chuva e sobre o cascalho na mata perto de casa. Fazia percursos longos, enveredando pelas trilhas na floresta, a passos lépidos, vibrantes, que ecoavam pelo chão onde as raízes finas jaziam como um esqueleto sobre o solo arenoso e seco. Não era tão rápida quanto queria, sempre acabava sendo ultrapassada. Depois de um tempo, seus pés foram ficando pesados, os tênis pisavam o chão produzindo um baque surdo. Tudo que queria era se deitar para nunca mais ter que levantar. Mas seguia correndo. Subindo escadas e encostas íngremes, em treinos de alta intensidade, esforçando-se até soluçar de exaustão. Observando os demais corredores, imitando-os, espelhando-se nas conquistas de qualquer pessoa que corresse pelo mundo.

Era exatamente aquilo que ela desejava para si. Comprou sapatos mais leves, que não afundavam tão resignados no solo. Já estava mais veloz. Firmava a ponta dos pés no chão e se impulsionava para a frente. Projetava-se para o alto, havia começado a disparar em *sprints* — não, ainda não, apenas acelerava como se quisesse descolar do próprio corpo, para longe de tudo que um dia foi. Agora, já nem mais lembrava a criatura lenta, preguiçosa e desmotivada que fora um dia. Ultrapassando mulheres de *leggings* e homens musculosos vestindo calções apertados. Gostava de admirar os homens de melhor desempenho, gostava de persegui-los, acossá-los por um tempo para depois ultrapassá-los. Aumentava o ritmo e acelerava ainda mais para abrir terreno à frente. Deixava muito claro que não estava ali de brincadeira. Como sentia prazer naquilo, a sensação de ser superior a quem quer que fosse, ou quase isso, não a todos, mas quase, ela dava tudo de si para isso. Aumentava a velocidade e percebia que cediam, que se amoldavam ao ritmo que ela ditava e a deixavam passar. Ela iria na frente e os outros, quem quer que fosse, que corressem atrás. Quem antes precisava prestar atenção nos outros havia se tornado agora o centro das atenções.

Ela corria para persistir, para afastar o desânimo e driblar a descrença. Nós nos despíamos, nos tocávamos, nos chupávamos e lambíamos, transávamos com ternura ou violência para suportar o tédio do dia a dia, o caos e a exaustão. Tivemos filhos juntos para perseverar, para enriquecer nosso mundo e torná-lo menos previsível. Viajávamos nas férias, comemorávamos aniversários e natais, de noite dormíamos juntos e ajudávamos um ao outro pela manhã, para que a vida fosse algo mais que um simples exercício de tolerância. Trocávamos carícias, mais ternas ou mais ávidas, fantasiávamos juntos sobre tudo o que podia surgir a partir de prazeres íntimos inesperados —

flertávamos sem parar um com o outro, fazendo o possível para trazer alegria a nossas vidas. O que mais poderíamos fazer?

Quando deixávamos as janelas abertas à noite, podíamos escutar o ruído dos corredores lá fora, passadas rápidas sobre o cascalho ou o asfalto. Às vezes ela se deitava e adormecia ouvindo aquilo. Havia um entusiasmo sereno no atrito dos pés contra o chão, leves e ágeis, a melodia de um contentamento edificante e solitário, um corredor atrás do outro seguindo na penumbra, exercitando a força e a resistência.

Ela corria todos os dias. No começo, costumava ouvir música nos fones de ouvido, mas depois parou. Passou a preferir nada além do som da própria respiração, ofegante e acelerada. Seus cabelos se emplastravam de suor, seu rosto se inflamava, suas mãos doíam. Por que doíam, ela não sabia, mas doíam mesmo assim. Corria de boca aberta. Corria uma hora inteira a cada vez, poderia correr durante o dia todo, não se cansava, poderia correr pelo resto da vida.

Era algo existencial, imprevisível, vulnerável. De repente, acontecia de se sentir lenta mais uma vez, em alguns dias chegava a sucumbir nas diversas camadas de si mesma, girando num torvelinho infinito de pensamentos, até bater no fundo do poço. Sentia vontade de sentar, de deitar ali mesmo para jamais se levantar novamente. Seus pés se arrastavam pelo chão, a respiração ardia, a lassidão a abatia novamente e dava a impressão de abalar tudo ao seu redor. Não pensava em outra coisa a não ser se entregar. Sentia que a própria vida era tão frágil que poderia se estilhaçar a qualquer momento. Ela, que se acreditava tão forte, de repente se percebia tão indefesa quanto a mais desengonçada das adolescentes correndo no parque pela primeira vez. Melhor então deitar-se no chão e morrer. Mas não foi isso que fez, ela não era de morrer, não daquele jeito, ainda não, apesar das náuseas, da autocomiseração, do desespero e da exaustão que sentiu depois de ter atingido a camada mais tênue da própria existência, a mais débil, aquela que poucos ousam encarar e da qual ninguém quer ouvir falar.

Naquela camada reside seu próprio instinto de sobrevivência, ela imaginou, mas quem poderia garantir que exista de fato algo chamado instinto de sobrevivência? O termo existe, é claro, para dar conta de um sentimento comum a tantos indivíduos. Nesse caso, não seria melhor falarmos de uma pulsão, algo com moto próprio, ou se trata mesmo da derradeira morada da vontade antes do abismo onde já não governamos mais a nós mesmos? Uma membrana retesada e transparente, como uma fina pátina de gordura revestindo os ossos nus, como a pelica que forra um tambor, cujo rufar ninguém gosta de ouvir? Mas algo roçou aquela película, algo tocou aquele estrato bem abaixo da superfície, ao rés do alicerce daquilo que ela se tornara.

Ela corria e sentia algo martelando aquela camada translúcida e esticada, além da qual não era mais possível prosseguir. E justamente a partir dela ela precisaria se soerguer. Ela corria de manhã antes de sair para o trabalho. Cedinho, antes que as pessoas tivessem despertado. Moldando o próprio corpo, construindo fibra por fibra, adquirindo musculatura, determinação e capacidade de suportar qualquer coisa que viesse a enfrentar. Pois tudo sempre pode acontecer, tudo pode sobrevir a qualquer momento, é fato, na vida de qualquer pessoa.

4

Foi num passado remoto que ela decidiu quem queria ser. Aconteceu cedo na vida, ela pôde sentir os efeitos no corpo anos depois, uma decisão firme e salutar, que se entranhou profundamente em sua carne: decidiu que saberia se safar sozinha. Seria alguém em quem os outros poderiam se apoiar.

Quando tinha doze ou treze anos, alguém lhe disse que ela era "real". Era um termo que nem se usava mais, não naquela acepção, mas num dicionário ela encontrou o significado tal como o havia percebido: honesta, pragmática. E quis ser essa pessoa "de verdade". Quis ser alguém que desperta a confiança alheia. Quis ser prestativa e solícita, não alguém que fosse precisar de cuidados. Sua voz falaria mais alto, clara e assertiva, sincera e absolutamente norueguesa. Daria conta de tudo sozinha. E daria conta de lidar com os outros também. Foi fácil, era tudo uma questão de determinação. Seu rosto se amoldou a essa determinação. Seus olhos ganharam vida, despertaram, encheram-se de curiosidade. Sua boca encurvou-se graciosamente sobre o queixo. A nuca aparente, o pescoço esbelto, erguido, esticado. A cabeça levemente inclinada. O torso também era esguio e belo; um elogio que ouvia com frequência, ao menos da minha parte.

Ela era delgada, a estatura um tanto baixa, às vezes parecia delicada e magra em demasia. Isso a incomodava, a feminilizava de um jeito que não gostava, a deixava com uma aparência meiga e inofensiva. Isso a atormentava desde sempre, ela preferia ser forte. Começou a se exercitar aos trinta anos, levantando pesos e trabalhando para adquirir músculos. Ganhou as mãos fortes e bem definidas que sempre quis, assim como os braços. Tinha cabelos compridos que sempre precisava prender para ter liberdade de movimentos, mas agora os cortava curtos e os tingia num tom escuro. Começava a aparentar aquela pessoa que sempre almejou ser, adulta e forte, bem-sucedida profissionalmente, e então o conheceu.

Ele se chamava Harald, e eu o apelidei de "Luva". Nas primeiras semanas se referia a ele usando nome e sobrenome — Harald Heming —, para o distinguir de outro Harald que conhecíamos, de um casal de amigos com filhos da idade dos nossos. Ela disse que Harald Heming lhe enviara uma mensagem, que Harald Heming a convidara para lhe fazer companhia numa corrida, que iria à academia praticar escalada com Harald Heming. Com o tempo, deixou de usar o sobrenome, provavelmente o tom de voz já era suficiente para indicar a quem se referia. No início eu a imitava, também o chamava de Harald quando falávamos dele, pronunciando aquele nome com uma provocante intimidade. Era uma espécie de piada entre nós, fazer da presença dele algo compartilhado, que nos dizia respeito a ambos. Mas então, quando as coisas começaram a ficar difíceis para mim, não quis mais aquele nome na minha boca.

(Tão típico da minha parte me expressar assim, dizer que não queria aquele nome na minha boca, sexualizar meu ciúme para me facilitar as coisas, talvez até para ela, mas isso a incomodava mais do que era capaz de elaborar.)

Ele a havia presenteado com um par de luvas de ciclismo, luvas pretas e macias que vestiam até as falanges mediais e deixavam as pontas dos dedos nuas. Pequenos orifícios ovalados para acomodar as juntas e uma abertura oblonga no dorso davam àquelas luvas um aspecto sofisticado, distinto. Certamente custaram caro. Acima de tudo, porém, eram úteis, uma lembrança que a deixara genuinamente feliz, a despeito de quem a presenteou. (A felicidade que ela sentia em receber pequenos mimos, como ele podia saber disso?) Como vieram dele, ganharam uma importância especial. Marcavam uma mudança tácita no relacionamento, traziam uma discreta, mas óbvia, reacomodação dos limites entre ambos. O presente era um convite claro, ao qual não tinha como recusar nem poderia simplesmente ignorar. Ela ganhou as luvas numa manhã, quando estavam de saída para um longo passeio de bicicleta, que começaria bem cedo e se estenderia até a noite. Ambos estavam de folga do trabalho naquele dia, era meio da semana, para que o passeio não alterasse a rotina familiar. Talvez só eu soubesse do passeio, ela ainda me contava sobre tudo que conversavam, embora não estivesse tão certa de que ele também era assim, absolutamente franco, com a própria família. Presumia que ele mantinha a amizade dos dois em segredo, e gostava disso. Mas as luvas se tornaram um problema. Quando voltou para casa à noite, prendeu-as na cintura enquanto vinha empurrando a bicicleta ao passar pelo portão. Carregou a bicicleta até o porão, onde também deixou as luvas. No dia seguinte, as trouxe para cima e rapidamente as enfiou na bolsa, para que eu não as visse. Queria guardá-las apenas para si. Só não reparou que deixara cair uma luva na escada. Ali ela ficou até eu encontrá-la e perguntar de quem era. Ela enrubesceu. Arrependeu-se depois, poderia muito bem ter dito que as havia comprado. Ocorre que nunca houve segredos entre nós, desde o princípio: ela tentou escondê-las de mim porque não queria ter que mentir.

Depois disso, passei a chamá-lo de Luva. Ela detestou o apelido, tomando as dores dele, desde a primeira vez que o ouviu. Mas quando comecei a repeti-lo, várias vezes, as coisas mudaram de figura, o apelido passou a soar carinhoso, como se fosse ao mesmo tempo amoroso e humilde, como se o surgimento do Luva em sua vida fosse algo em que eu não apenas me projetava, mas também me satisfazia, numa espécie de prazer inconsciente. Eu apoiava a mão no ombro dela e dizia:

— Vai sair com o Luva hoje à noite ou está a fim de um programa comigo?

Ela sempre parecia chocada ao me ouvir falando assim, estremecia de tensão, como se tivesse a certeza que aquele sentimento era mútuo. Estávamos juntos havia tanto tempo e tínhamos uma cumplicidade tão grande que podíamos compartilhar tudo — nós achávamos.

Como nos tornamos nós dois? Certa vez eu era um jovem pai, passeava com um bebê no colo, e ela se dirigiu para minha filha antes mesmo de olhar para mim. Ainda era estudante na época, queria ser médica, e fazia um breve estágio num consultório médico aonde eu levei a bebê. O estágio era no consultório da pediatra, ela nos recebeu na sala de espera e nos cumprimentou quando entramos, primeiro minha filha e depois a mim. A menina estava no meu colo e sorriu timidamente para aquela estranha, uma jovem um pouco mais nova que eu. Minha filha deve ter percebido que me senti confiante, que sentei relaxado na poltrona, e se desvencilhou de mim para se debruçar sobre a mesa e observar algo que ela lhe mostrava. Um brinquedo de plástico estropiado, um pato amarelo ou um cão vermelho comprido, desses que se encontram em todos os consultórios pediátricos por aí. Desses que soam um apito engraçado ao serem apertados. Ela se lembra das mãos da minha filha segurando aquele cão vermelho. Eu, naturalmente, me lembro, embora nós tenhamos falado depois sobre isso, nas conversas que tivemos analisando aquele primeiro encontro, de modo que essa se tornou uma memória compartilhada. Minha filha era pequena, não sabia nada do mundo dos adultos, confiava facilmente em estranhos. E eu, o pai dela, também me vi confiando naquela mulher diante de nós. Foi mais que confiança, eu me entreguei, sem refletir por que, sem me dar conta, já tinha percebido algo ali, ou estava aberto para a possibilidade de enxergar nela algo que não era para ser visto, pelo menos foi assim que me senti. Mas o que foi então? Teria sido o modo como nossos olhares se detiveram um no outro, demorando mais tempo do que deveriam?

Aconteceu algo entre nós sem que quiséssemos ou soubéssemos? Ou será que eu já estaria procurando alguém, e calhou de ser ela porque se deu tão bem conversando com minha filha? Seria porque seus olhos eram grandes e sensíveis, ou porque sua voz era carinhosa e gentil quando se dirigia à menina? Lembro-me do peso leve da minha filha, de como ela se sentia segura no meu colo. O cão tinha orelhas pretas compridas, as mãos da minha filha eram gorduchas e roliças, e sempre estavam um pouco úmidas.

E as mãos adultas de Timmy eram um tanto fortes, com unhas curtas. Ela acariciou a menina na bochecha e lhe pediu para abrir bem a boca. E ela obedeceu. Minha filha abriu bem a boca, segurando um cachorro de plástico nas mãos, estava confiante, querendo fazer exatamente o que a jovem lhe pedia, e Timmy inclinou-se para a frente e examinou aquela boquinha escancarada. As amígdalas estavam inflamadas, era fácil perceber. Para isso havia remédio e ela poderia prescrevê-lo. Ou talvez não, não do ponto de vista formal, faltavam alguns anos para ela se graduar. Mas para mim era como se ela, ao segurar a mão da minha filha, ao mesmo tempo segurasse a minha. Ela nos fazia sentir seguros, a ambos. Demonstrava uma confiança em si e no mundo, e com isso nos deixava confiantes também.

Um encontro assim, breve e inteiramente sem reservas, ocorre em todos os lugares, o tempo inteiro. Todos encontram alguém por quem podem se apaixonar, por toda parte. De súbito, você esbarra com o rosto de alguém que parece fixar o olhar demoradamente em sua direção. Alguém que tem algo que você deseja, bom humor, segurança, leveza. Quase nunca convém, você já tem uma companhia, aquela outra pessoa também está comprometida com alguém, e vocês seguem seu rumo, cada um por si. A maioria desses encontros fugazes é esquecida, pois não resultam em nada. Você conhece alguém com quem poderia se casar quando entra no ônibus, seus olhares se entrecruzam, mas vocês nunca mais se encontram. Você conhece alguém com quem também poderia viver muito feliz ao descer do ônibus. Um dos dois sorri provocante, o outro sorri de volta, mas é tarde demais. Em todos os lugares há desses encontros que poderiam ter desdobramentos e não resultam em nada. Se todos aproveitassem essas oportunidades, poucos casamentos durariam mais que um dia, uma semana ou poucos meses, talvez alguns anos — se aqueles casais estivessem realmente dispostos a ser felizes juntos. A propósito, sempre há algo de impotente na felicidade, no ato de se entregar ao outro.

Mas ela já tinha um namorado então. E, obviamente, eu também, ela deduziu, não deveria estar solteiro sendo pai de uma criança tão pequena, há poucos homens assim. Nós nos cumprimentamos, um pouco formalmente, olhamos nos olhos um do outro, sorridentes, apertando as mãos um tanto além do necessário. Em seguida saí com minha filha no colo e, quando estávamos no corredor, nos entreolhamos mais uma vez. Ela não esperava por isso, foi pega desapercebida, eu parecia tão seguro, atencioso e entusiasmado, e ela ignorava que era a responsável por haver me deixado assim, não reconheceu sua própria confiança quando a viu refletida em mim dessa maneira tão crua.

Uma proximidade, uma calma, uma possível ternura.

Ela gostou da minha companhia porque eu gostei de estar na sua. Ela me observou fechando cuidadosamente a porta do consultório. Escutou nossas vozes se afastando pelo corredor. De repente aquela vozinha infantil, nítida e sem reservas, desimpedida de qualquer constrangimento, declarou que aquela mulher era legal, e o jovem pai respondeu à filha num tom confiante. O pai concordava, ela percebeu.

Isso foi tudo, não durou muito. Minha filha foi sua primeira paciente. Mais tarde, nenhum de nós consegue se lembrar se a velha pediatra estava ali também, talvez estivesse, mas a história do nosso primeiro encontro não comporta mais ninguém, exceto minha filha. Uns poucos minutos, uma simples troca de simpatias e gentilezas. Em circunstâncias normais, teríamos nos esquecido de tudo. Timmy ainda era estudante, assim como eu, que além disso era um aspirante a escritor. Queria ser jornalista, escrever reportagens densas e fundamentadas sobre todos os assuntos possíveis. Queria mesmo ser jornalista científico, por isso assistia a muitas palestras que não diziam respeito unicamente a minha área de conhecimento. Foi assim que nos reencontramos. Participando do mesmo ciclo de palestras, o tema era a medicina social, que tanto a interessava. E eu, ao que parecia, estava interessado em qualquer assunto, algo que ela percebeu imediatamente.

Ou não. Ela me reconheceu, mas não sabia ao certo de onde. Eu falava com todos, simpático, conversava desarmadamente com qualquer um, abordava quem encontrasse pela frente como se tivesse algum segredo a descobrir, como se eles, e não eu, soubessem como a vida deveria ser vivida. Com uma expressão tão franca no olhar, atento, olhos arregalados, a boca entreaberta, demonstrando um vívido interesse pela conversa. Ela cruzou comigo durante um intervalo e disse olá, e eu a cumprimentei de volta. Um pouco hesitante, sem saber exatamente de onde a conhecia. Mas sorri, ela percebeu que fiquei contente, que a associei a algo bom. Quando se deu conta de onde me conhecia, e naquele mesmo instante eu também me lembrei, engatamos uma conversa.

Uma conversa longa, que durou quase vinte anos. No começo, costumava esperar por ela antes ou depois das apresentações. Eu era o homem com quem ela havia começado uma conversa, aquele de camisa amarrotada, jaqueta puída, descosturada nas extremidades das mangas, as linhas pendendo nas mãos. Um bocado desleixado, o que pode tê-la atraído. Além disso, era eu quem estava interessado nela e em todos os conhecimentos que dominava, tudo que aprendera nos estudos.

Prestava atenção de verdade quando ela explicava o mundo para si mesma e para mim. Ela retribuía meu sorriso e reconhecia meus ombros estreitos à distância. Eu perambulava pelo auditório de cabeça erguida, o pescoço esticado, com receio de que estivesse perdendo alguma coisa. Estava apenas esperando por ela, que veio até mim, e de lá saímos juntos.

Logo começamos a combinar encontros, longas caminhadas pela rua. Eu era casado, tinha uma filha pequena, e mesmo assim queria estar na companhia de Timmy, sempre. Muitas vezes empurrando o carrinho de bebê, e numa dessas ocasiões ela cantou para minha filha. Uma canção de ninar que havia aprendido com o pai, sobre um garotinho no alto de uma montanha soprando um berrante, feito de chifre de veado. Depois que fomos morar juntos, ela sempre cantava para minha filha, depois cantou para nossos dois filhos ao longo dos anos, e de repente não cantou mais, nunca mais a ouvi cantar.

Ela me contou sobre sua educação, de onde vinha, a criança que um dia foi. Eu fiz o mesmo. Contei-lhe de árvores e pássaros, sobre o significado de tudo, da vida, sobre como gostaria que a vida fosse. Ela me contou sobre seus estudos. Nós contamos um ao outro sobre a comida que costumávamos preparar, nossas inclinações políticas, sobre sexo e sobre educação dos filhos. Éramos determinados, algo em nós indicava o que queríamos um do outro bem antes de nos darmos conta. Minha filha passou a reconhecê-la.

Saímos juntos numa manhã, ela não tinha compromissos, eu estava em casa com minha filha. Eu empurrava o carrinho e ela caminhava a meu lado, enquanto minha filha dormia. Nós nos sentamos num banco. Virei-me para ela. Ela sabia o que eu ia dizer antes mesmo que eu abrisse a boca. Sabia que aquilo estava fadado a acontecer, e mesmo assim não se dava conta, mas não teve dúvidas quando comecei a falar:

— Imagine se pudéssemos ser amigos.

— Podemos muito bem ser amigos, já não somos?

— Quero dizer bons amigos.

— Eu também.

Aconteceu algo com meu rosto, me aproximei demais e ela precisou desviar o olhar, mas eu disse:

— Quis dizer mais que amigos. Estou apaixonado por você.

Ela estava com quase trinta anos; eu, com um pouco mais de trinta. Tínhamos uma vida inteira ainda pela frente. Ela estava prestes a se tornar médica, eu mal havia começado a carreira de jornalista. Trabalhava como freelancer para revistas semanais e esperava encontrar algum emprego fixo. Vínhamos de famílias em que ninguém havia cursado o ensino superior. Nossos familiares eram pequenos agricultores, pescadores, marinheiros, artesãos e operários sem maior qualificação. Ela e eu fazíamos parte de uma geração que experimentou uma elevação nos padrões de vida, para quem o ingresso num curso superior era uma consequência natural desse processo, o resultado de décadas seguidas de prosperidade econômica na Noruega. Desde muito cedo na vida escolar, cada um de nós também teve outro tipo de educação, fomos educados para ter uma carreira profissional, uma vida amorosa estável, uma convivência conjugal sadia, uma devoção ao outro capaz de nos fazer enfrentar todas as adversidades. Ela começou a namorar aos treze anos; eu, um pouco depois disso. Quando finalmente nos conhecemos, tínhamos namorado várias pessoas, já morávamos com nossos companheiros, eu até já tinha tido uma filha e me casado. Tudo isso se revelara uma espécie de treino, um estágio da nossa formação. Agora, finalmente havíamos nos encontrado. Nós nos procuramos, nos abraçamos, um rosto se aproximou do outro, as bocas se abriram: nós nos beijamos. Enfiei minha língua em sua boca, ela ficou surpresa, aconteceu de forma brusca, ainda que suave, mas roçou a língua na minha. Um beijo de língua que durou talvez um minuto ou mais, então afastamos nossos rostos e nos encaramos novamente, com um novo olhar. Agora, éramos nós.

Ela acha que se lembra do tom de nossas vozes, eram gentis, mansas. Falávamos no mesmo compasso, continuamos a conversar, quase sussurrando, falando bem mais baixo que o de costume. Dávamos a impressão de ser quase infantis, carinhosos e um pouco íntimos. Encontramos um tom e um volume na voz dos quais nos apropriamos e com os quais não nos dirigíamos a mais ninguém. Ficamos muito tempo sentados naquele banco, trocando beijos e abraços. Ela sentiu minhas mãos sob as roupas. Avancei rápido, ela não tinha experimentado aquilo antes, pois já depois do primeiro beijo lá estava eu a acariciando na cintura, na pele nua.

Minha filha acordou, estava deitada num carrinho envolto numa coberta para protegê-la da luminosidade, e agora, de repente, arrancava a coberta e olhava para nós. Um olhar sincero e determinado como só uma criança pode ter. Tinha apenas dois anos. Com rosto redondo, pálido e sonolento, sentou-se no carrinho e disse:

— Papai, o que você está *fazendo*?

Timmy se lembra agora, numa noite em que está fora de casa, fazia anos que não pensava naquilo, mas agora se recorda bem da voz da garotinha, ainda embargada de sono. Aquela vozinha intrometeu-se delicada e inocentemente na vida que tínhamos acabado de começar juntos.

Foi assim que nos tornamos um casal: voltei para casa e terminei com a mãe da minha filha, com quem me casara poucos anos antes. Ela, a mãe, logo se tornaria a mulher-com-quem-fui-casado: foi mãe muito jovem, eu a chamava de Cana-de-açúcar. Mais tarde passei a chamá-la de Orvalho, depois de Urtiga, embora ela jamais tenha tomado conhecimento desses apelidos, eu nunca os dizia em voz alta. De qualquer maneira, deve ter percebido a diferença. Num dia em que estávamos ela, eu e nossa bebezinha. Não era para existir mais ninguém, talvez mais um filho, poderia ser, teria sido se tivéssemos continuado juntos. Ela era musicista, tocava violão e cantava, compunha suas próprias canções. Estava começando a viver disso, mal e mal. Mais tarde, começou a ganhar um bom dinheiro, quando eu já não fazia parte de sua vida. Em seguida passou a trabalhar como professora e há muito largou o violão. A essa altura, nossa filha havia finalmente crescido e não estava mais dividida entre os pais, que não se falavam.

Uma quinta-feira de maio marcou o início do processo que, para mim, trataria de transformar Cana-de-açúcar em Orvalho e depois Urtiga. Ela estava sentada tocando violão, o mesmo acorde o dia inteiro, assim me parecia. Quando cheguei em casa, ela olhou para mim com um olho semicerrado, como costumava fazer, uma síndrome na pupila a deixava assim, como se a claridade sempre a ofuscasse. A vida inteira ela se preparou para receber más notícias, catástrofes pessoais, mas não da minha parte. Eu era a pessoa que deveria estar a seu lado, o homem que se levantava da cama de manhã e possibilitava que ela fizesse o mesmo, vestisse uma roupa, passasse uma camada de batom nos lábios e saísse pela porta afora. Eu era o pai da filha dela. Pai de um milagre, o que me tornava ainda mais precioso para ela do que antes. Havíamos nos tornado três, eu tinha que cuidar da nossa filha e de nós dois a cada vez que o mundo começava a ruir. E esse mundo ruía com frequência, tanto para mim quanto para ela, sem nenhum motivo aparente.

Agora, entretanto, eu voltava para casa carregando nossa filha nos braços e anunciava que não queria mais aquele casamento. Não fazia sentido. Não podia estar ali com nossa filha no colo dizendo que era o fim. Não podia existir esse fim, nós estávamos ligados um ao outro por carne viva. Mesmo assim, cheguei em casa e disse *Preciso falar com você*, num tom de voz que prenunciava destruição e morte.

Ou não foi? Foi assim que Timmy imaginou que as coisas aconteceram logo depois, quando começamos a namorar, antes mesmo de eu terminar com a ex? Depois que Timmy e eu nos beijamos, passamos a nos ver todos os dias. Passeando juntos, sentando em bancos para namorar. Certo dia estávamos no parque, conversando sobre coisas que namorados conversam. Árvores, infância, o que se deve fazer com peles sensíveis, cinema e a origem da linguagem. Estávamos hesitantes e inseguros porque não nos conhecíamos, mas decidimos acreditar que conhecíamos um ao outro melhor do que ninguém, além disso, nossos corpos se atraíam, e assim alcançávamos uma proximidade que parecia se sobrepor a tudo o mais. E então minha filha acordou. Voltei lentamente para casa com ela, Timmy me acompanhou por um trecho do caminho. E, por aquelas coincidências grotescas, a mulher com quem era casado nos flagrou ali, em plena rua. Eu empurrando o carrinho, nossa filha com o rostinho pálido e inocente olhando fixamente para mim, para nós dois, para as árvores, as casas e o céu. A meu lado vinha Timmy, por quem eu já estava apaixonado. Ela me segurava pela mão, ou pelo braço, da mesma maneira como a mãe da criança o fez, alguns dias antes. Ela nos viu empurrando o carrinho, conversando e rindo. Não percebemos nada até ela surgir correndo, avançar sobre o carrinho e gritar comigo.

Olhe só, o casalzinho que se apaixonou tão repentina e perdidamente: uma mulher e um pai tão jovens. E repare na jovem mãe que está prestes a ser abandonada pelo seu jovem marido, olhe como ela toma o carrinho nas mãos e sai empurrando-o apressada. Ela foi traída da maneira mais vil, e agora só lhe restou a filha, de quem ela não vai abrir mão. Deitada no carrinho, a bebê não desconfia de nada.

Foi assim que começou o divórcio sobre o qual Timmy só ouviu falar por meu intermédio. Tentativas fracassadas de diálogo entre duas pessoas até aqui de mágoa, que no passado foram amantes mas já não eram mais. Agora precisávamos nos livrar um do outro, agora éramos forçados a descrever nossa própria dor ao outro, a traição e a decepção, e as razões da traição e da decepção, ainda que nem soubéssemos quais eram.

A pessoa que é abandonada está irremediavelmente ligada àquela que a abandona. Não foi uma escolha própria. Ela grita, me repreende, chora em silêncio, ferida. Não consegue dormir, não consegue parar quieta, respira com dificuldade. Acha que vai morrer. Ou que vai continuar vivendo, mas só se for a meu lado. Telefona para minha nova namorada e esbraveja, enfurecida. Telefona para todos os conhecidos, conversa com qualquer um, dia e noite, tentando desabafar para compreender o que ocorreu, como o mundo pôde desmoronar tão abruptamente, sem aviso. Ela não consegue que eu a ajude. Não quero lhe falar, não me atrevo, não tenho forças. Já me decidi, quero distância da vida que vivi, como se de repente tivesse concluído que era uma vida insuportável. Não acho que tenho por que me explicar. Já estou apaixonado por outra, e o amor que encontrei, veja bem, veio para apagar tudo que existia antes. Quase tudo, exceto minha filha, que me permito ver todos os dias. Repito para mim mesmo e para todos que não há outra saída, escolho o novo amor e é assim que me desapego de tudo que um dia já fui.

Quem quiser que procure encontrar as razões pelas quais um jovem casal não consegue ficar junto. Éramos ou muito diferentes ou muito parecidos. Éramos muito próximos ou muito distantes. Éramos jovens demais para nos conhecermos ou um ao outro. Éramos sensíveis demais e, de maneiras diferentes, nos tornamos insensíveis à sensibilidade do outro. Aquela a quem em segredo comecei a chamar de Urtiga desabafa com todas as pessoas que conhece, e todos tentam ajudá-la a compreender como aquilo pode acontecer, mas o único que pode lhe dar essa explicação sou eu, e não sei o que dizer. Apenas conheci uma pessoa e agora prefiro ficar com ela, a outra.

Simples assim, como quando uma fina corda se parte. Evidentemente, não havia corda alguma, e nem mesmo estava gasta. Houve ternura entre nós, houve cumplicidade e confiança também.

Houve também dois corpos amorosos e unidos. Lealdade e promessas de um futuro comum. Apesar disso, terminou num instante, e foi como se a intimidade, a confiança e o amor jamais tivessem existido. Pois como é possível conceber uma bondade que não é duradoura? Pode haver alguma bondade que não o seja?

Certo dia, ela, que foi traída tão impiedosamente, me telefonou e disse:

— Só quero dizer uma coisa.

— Não temos muito o que dizer agora.

— Oh, temos sim, mais do que você pensa. Mas você não quer me dar ouvidos, e eu desisto. Por isso que quero dizer uma última coisa apenas. E é o seguinte: espero que algum dia você passe por isto. Espero de todo o coração que você sofra exatamente da mesma maneira como me fez sofrer.

Foi a última coisa que ela tinha a me dizer. Não a última que disse, é claro, mas a última que restou entre nós. Por muitos anos fiquei com essa frase reverberando na memória, a maneira como ela se dirigiu a mim, sibilando, trêmula de ódio, dizendo aquelas palavras num tom tão cheio de mágoa e rancor que cheguei a sentir fisicamente o impacto delas, proferindo-as como se exalasse todo o ar que tinha preso nos pulmões, deixando muito claro que eram dirigidas exclusivamente a mim e agouravam a minha destruição. Era uma espécie de maldição, imaginei, uma promessa que ela não seria capaz de cumprir sozinha, mas esperava que outra pessoa levasse a cabo. Eu deveria passar por tudo aquilo, também deveria ser abandonado e perder a única pessoa em quem confiava, exatamente como sucedeu a ela, eu também deveria me tornar aquela pessoa que não é mais desejada. Ela me desejava tudo isso, e não era difícil, nem mesmo para mim, perceber por quê.

Logo afastei aquela amargura da mente, um rancor que de nada me valia, repeti para mim mesmo. Mas jamais pude esquecer. E essa lembrança retornou, várias vezes, muito tempo depois de não nos reconhecermos mais um ao outro. Retornou na forma de canção, uma melodia leve e cruel que ressoava na minha cabeça quando acordava e não conseguia mais pegar no sono, às quatro da manhã. Pois havia uma canção que tratava exatamente disso, na verdade, são tantas as canções que tratam disso, eu as tinha escutado e voltaria a escutá-las, *Further up on the road. Just you wait and see. Someone's gonna hurt you like you hurt me.* Mais adiante na estrada. Mais além na vida, na vida que você achou que viveria agora. Pode esperar. Pode até se iludir achando que vai se safar, mas você não perde por esperar. Um dia alguém vai te machucar, exatamente como você me machucou, era o que ela esperava, era isso que quis deixar bem claro. *Further up on the road.* Era essa a canção que ela cantava para mim, cuja letra reverberava dentro de mim, muito tempo depois que deixamos de nos falar. Mas eu não quis ouvir aquela canção, e por que deveria?

Timmy não precisava lidar com isso. Havia terminado com o namorado. Foi mais fácil. Quer dizer, quem pode realmente afirmar que é fácil deixar alguém? Foi difícil, quase insuportável, nunca é fácil para ninguém, mas ela superou mesmo assim. Ele chorou, os dois choraram, tiveram conversas dolorosas e então acabou.

Certa vez, num passado distante, ela decidiu quem deveria ser. Decidiu que saberia resolver tudo sozinha. E também saberia lidar com os outros, para jamais precisar de ajuda. À noite, enquanto ainda dormia sozinha, acontecia de acordar e pensar na pessoa que era e naquela que poderia vir a ser. Estava namorando comigo e agora é que a vida iria começar, a nossa vida, a vida que se espraiaria e encobriria tudo que já havíamos feito. Todas as noites nos deitávamos na cama, nus e ansiosos, como se jamais tivéssemos deitado nus com alguém antes.

Fomos morar juntos, primeiro num apartamento, depois num apartamento um pouco mais amplo, em seguida numa casa, ainda maior. Compramos uma cama para nós e outra para minha filha, depois compramos camas para os filhos que tivemos juntos. Compramos mesa e cadeiras, penduramos quadros, estendemos tapetes, compramos carros. Construímos uma vida, adquirimos hábitos, as coisas tomavam seu próprio curso. Escrevemos nossos nomes na caixa de correio, um debaixo do outro. Nos pertencíamos. Se escutávamos algo, depreendíamos da mesma maneira; se ignorávamos ou não compreendíamos, também, mimetizando o lado bom do outro. Cuidávamos de nós e também daquilo que o mundo nos oferecia, com um otimismo desmedido. Nossa hipoteca foi aumentando, mas o banco mudou a metodologia de cobrança, passou a cobrar dos bons clientes não mais as parcelas, mas apenas os juros. Nossa hipoteca jamais diminuiu, embora pagássemos ao banco apenas o custo de nos emprestar o dinheiro. Mais tarde poderíamos abater a dívida inteira, ou talvez nunca, as coisas ficariam como estavam, o salário da maioria das pessoas aumenta um pouco a cada ano, o nosso também aumentaria, a economia estava de vento em popa, a vida se encarregaria de dar um jeito, no amor, na própria vida, no desespero, em tudo. Saíamos juntos de manhã, voltávamos juntos para casa à tardinha, nos sentávamos à mesa, caminhávamos naquele mesmo chão, nos deitávamos na mesma cama. Ouvíamos nossas vozes ecoando pelos cantos da casa, sempre.

Só uma coisa jamais poderia acontecer. Pensei nela, às vezes, não com tanta frequência, mas, ao longo dos anos em que vivemos juntos, pode ter me ocorrido como um calafrio percorrendo a espinha, talvez em dez ou vinte ocasiões, e era paralisante a cada vez, como se fôssemos atingidos por uma catástrofe. *Further up on the road. Somebody's gonna hurt you like you hurt me.* E nessas raras, porém significativas, ocasiões, se me era dado ter um desejo, daqueles em que no fundo nunca acreditamos e os levamos a sério mesmo assim — como quando os meninos falavam uma palavra ao mesmo tempo e eu cruzava os dedos com eles e pedia algo em segredo —, então eu queria que Timmy e eu ficássemos juntos para sempre, e ninguém jamais ameaçasse nossa união. Portanto devo ter ficado apavorado com essa possibilidade, mais do que com qualquer outra, afinal? Guardei tudo comigo, sim, mais que isso, escondi até de mim mesmo essa hipótese, me permiti esquecê-la como se fosse uma simples brincadeira.

    Vivia como se minha vida acontecesse diante dos seus olhos, eu lhe disse uma vez. Ela ficou até um pouco abalada ao me ouvir falar assim. Era ela quem me acordava e fazia dormir, era com ela que tinha as conversas mais demoradas, até deixar de ser assim. Voltava para casa à tarde, depois de um trabalho ou outro, de início eram apenas empregos temporários em jornais pequenos. Primeiro redigia matérias nas redações, depois voltava para casa e continuava a escrever até a noite. Sempre havia um artigo que não conseguia terminar, algo que ficava pendente, algo que achava que precisava melhorar. Muitas vezes levantava no meio da noite para trabalhar enquanto ela e as crianças dormiam. Quando a acordava de manhã, já estava desperto havia horas. Ela acordava porque eu me deitava a seu lado, porque me deitava sobre ela. Acordava com a minha voz, conversando com ela, sobre nós, sobre nosso amor sem o qual eu não saberia viver.

    Aparentemente, nossas vidas até mudaram: tivemos filhos juntos, primeiro um menino e depois outro. Dois garotos, nascidos com cinco anos de diferença. Ela começou a trabalhar como clínica geral num centro médico e eu consegui um emprego fixo num grande jornal. Com isso, finalmente me tornei aquilo que sempre almejei para mim, um jornalista numa redação, com mesa e computador próprios, participando de reuniões de pauta matinais com outros jornalistas e editores. No exterior as coisas iam bem comigo. Escrevia matérias que eram lidas por muitas pessoas e me tornavam conhecido em determinados setores. Assumi uma posição de chefia, estava indo muito bem. Mas havia algo errado com aquele trabalho, ou com o papel que um jornalista deveria desempenhar, pelo menos na minha concepção. Durante um período, saía de casa de paletó, um terno escuro com gravata e camisa social, não porque isso fosse exigido de mim no trabalho, mas porque acreditava que precisava de uma espécie de proteção, ela me ouviu dizer exatamente isso. Tirava aquelas roupas assim que voltava para casa à tarde, me despia do uniforme do trabalho para ser eu mesmo novamente. Depois, quando estava de licença-paternidade e podia ficar em casa com nosso caçula, o mercado jornalístico começou a ruir. Vários dos colegas com quem trabalhei passaram a aceitar ofertas de emprego como assessores de comunicação em outros locais. A exemplo deles, ingressei no programa de demissão voluntária e voltei a trabalhar como freelancer. Ficava em casa com nosso caçula, não quisemos colocá-lo no jardim de infância até ele completar três anos, e depois disso permaneci em casa. Escrevi um livro infantil que foi publicado e teve boa repercussão, escrevi mais um, e logo Timmy e as crianças se habituaram com o fato de que eu estaria sempre em casa, escrevendo.

Algo mudou nesse momento, ela se dá conta mais tarde. Quando volta do trabalho e me encontra sempre ali, junto com as crianças. Não era mais apenas para nossa casa que ela retornava, aquele lar havia se tornado uma espécie de extensão da minha vida interior. Éramos eu e as crianças. Esperávamos que ela chegasse, eu já havia preparado o jantar, feito a faxina e arrumado a casa escrupulosamente, de um jeito que nunca a deixava à vontade. E também passei a me preocupar mais com ela. Talvez fosse algo tão irrelevante que não tenha tido tempo de refletir a respeito, eu que passava tanto tempo sozinho e tinha que pensar em tudo. Disse a ela que ficava o dia inteiro imaginando como as crianças estavam se saindo na escola, ruminando o que ela ou eu havíamos dito ou feito no dia anterior. E por tudo isso ela se tornara ainda mais importante para mim, obviamente. Ela não se dava conta disso. Eu queria falar com ela, saber tudo que fazia, tudo que pensava. Talvez tenha a ver com a escrita. Dizia para mim mesmo que estava mais vulnerável por ficar tanto tempo sozinho e ter um emprego que me permitia chegar ao fundo das questões. Talvez uma sensibilidade difusa — se é possível usar essa expressão — se acumulasse dentro de mim: eu tinha a possibilidade de escrutinar meus sentimentos e emoções, uma vez que os utilizava no processo de escrita, e talvez por isso a importância de Timmy na minha vida se agigantasse; de fato, tudo que era importante para mim antes ganhou ainda mais importância. Isso a deixou confusa. Ser admirada era desconcertante, mas ela sempre pareceu mais atraída por mim quando me encontrava menos tempo em casa, quando eu estava mais ocupado comigo mesmo e mal tinha tempo de pensar nela.

Mas gostava de ficar em casa, comecei a me tornar eu mesmo, eu dizia a ela. Aceitei participar do programa de demissão voluntária no último instante. Se tivesse ficado no jornal, teria perdido aquilo de que mais gosto em mim. Ela me escutava, mas dizia que gostava mais do meu trabalho quando eu estava na redação, em contato com pessoas. Procurava sopesar a situação, me oferecer uma outra perspectiva. Ela preferia a vida que tínhamos quando eu ia para o jornal, era mais parecida com a vida que ela própria levava.

Agora, eu só queria saber o que tinha acontecido com ela. Ela trabalhava bastante e começava a conquistar seus objetivos. Concluiu a especialização, depois um doutorado, em seguida ingressou no ministério, assumiu a chefia do departamento responsável pelas pesquisas em saúde pública. Nós trilhávamos caminhos opostos, ela costumava dizer para os familiares e amigos. Ela abandonou os pacientes individuais, todos eles, crianças pequenas, aposentados, garotas com toda sorte de moléstias, identificadas ou não, porque queria trabalhar no âmbito populacional, porque queria influenciar as relações que determinam a vida de todos. Enquanto eu passava os dias em casa, escrevendo contos sobre crianças inspirados na criança que fui ou poderia ter sido: histórias isoladas sobre certas passagens, emoções verdadeiras, nada de especial.

Havíamos atravessado a primeira fase — a paixão inicial — com minha filhinha nos fazendo companhia; no tempo que nos restava a sós, éramos um casal apaixonado vivendo apenas para nós mesmos. Passávamos longas manhãs deitados na cama, dedicados exclusivamente a explorar o prazer nos nossos corpos. Depois veio a fase de construção do lar, com os filhos pequenos, comida de bebê derramada pela bancada da cozinha e fraldas e cueiros estendidos para secar sobre a banheira. Quando os meninos cresceram e as conversas em torno da mesa de jantar passaram a acomodar mais vozes, ela e eu raramente ficávamos a sós.

Exceto à noite, na cama. Ali vivíamos nossa vida secreta, sobre a qual não conversávamos com mais ninguém, um túnel escuro rasgando nosso cotidiano. Lá fora, sob a luz do sol, nos dedicávamos aos nossos empregos, convivendo com amigos que, quase sem exceção, tinham filhos da mesma idade dos nossos. Participando de reunião de pais, fazendo compras no supermercado às sextas-feiras, chorando diante de dificuldades, acompanhando o noticiário e nos mantendo atualizados nas nossas áreas de conhecimento. Ou então levando os meninos para o treino (ela) ou indo com eles à biblioteca (eu). Ela começou a se exercitar e eu comecei a trabalhar numa organização ambiental. Passamos a ganhar mais dinheiro e fizemos de tudo para que nossa família fosse igual a todas as outras. Noites, finais de semana, férias: fazíamos planos e os seguíamos da melhor maneira possível, carregávamos as malas para o carro e as desfazíamos depois, reclamávamos das crianças que passavam o tempo inteiro no videogame. Nossa vida era igual à de todo mundo, pelo menos na superfície, e isso nos dava uma sensação de pertença e de tranquilidade. Mas o que nos mantinha unidos e permitia a continuidade da nossa convivência era nossa vida oculta, aquela que só dizia respeito a nós dois, que chamávamos de amor.

Só podia ser amor, o que mais poderia ser? E deve ter sido um amor imenso, um amor invulgarmente grande e avassalador, era preciso que houvesse uma proximidade, uma atração, um sentimento de união absolutamente fora do comum. Do contrário, não teria valido a pena ter me afastado da minha filha pequena de um dia para o outro para só poder vê-la a cada duas semanas — nem mesmo isso durante os primeiros anos. Minha filha tinha apenas dois anos quando me apaixonei por Timmy. Como explicar essa traição para mim mesmo, ou para minha filha quando crescesse, exceto acreditando que a reviravolta que transformou nossas vidas não aconteceu senão por causa de uma arrebatadora e improvável história de amor?

Não tínhamos amigos em comum quando nos conhecemos. Jovens namorados geralmente não os têm. As amizades de antes precisariam escolher se continuariam me aceitando depois que deixei minha antiga paixão porque me apaixonei por outra pessoa. O mesmo valia para os amigos dela. Vários dos nossos conhecidos de antes eram céticos em relação a nós. Como lidar com o fato de que permitimos que um flerte casual arruinasse a vida que levávamos? Quem nunca ouviu falar de homens — especialmente homens — ou mulheres que se apaixonam perdidamente, destroem tudo que possuem e logo constatam que o novo relacionamento não passou de um equívoco, uma cegueira erótica temporária? Afinal, a maioria dos casos de amor não leva a relacionamentos de longo prazo. Eu era um jovem pai de trinta anos que se apaixonou pela jovem médica que tratou da dor de ouvido da minha filha. Timmy era uma jovem residente que se apaixonou pelo pai de uma criança de colo que passou em consulta. Antes mesmo de terminar a graduação, ela estava na iminência de violar uma das regras tácitas mais importantes para uma profissional da área da saúde. Como alguém iria acreditar que aquilo que nos uniu fosse capaz de perdurar?

Deitávamos juntos na cama, nus e suados, o quarto recendia a sexo, conversávamos sobre como seria a nossa vida. E nos prometíamos que aquela seria uma história feliz. Até então, nossa paixão era uma história fadada ao fracasso, agora éramos o sonho de uma noite de verão, o resultado de um flerte descuidado que arruinou nossa vida amorosa pregressa, comprometeu nossas famílias e a relação com minha filha. Ninguém, exceto nós dois, apostava no nosso futuro. Mas levamos essa tarefa a sério. Éramos uma história destinada a não dar certo que, aos poucos, quase imperceptivelmente, se transformou numa história feliz, com o passar dos anos nosso amor se converteu no único que aparentemente existiu em nossas vidas, em princípio ao menos para as crianças e, no fim, para todo mundo. Nosso amor era o único possível, o único que combinava com ela e comigo, era assim que sentíamos decorridos os primeiros anos. É mesmo possível viver com alguém ao longo de décadas sem acreditar que esse alguém é o único possível? Sabíamos que havia outras vidas possíveis, outros amores possíveis, quem sabe até vidas melhores e melhores amores, inclusive para nós. Mas não queríamos e não podíamos abrir mão do que havíamos construído, não queríamos nos separar por causa de um caso de amor aleatório, como fizemos no passado para ficarmos juntos. Concordávamos com isso. Não podíamos fazer um com o outro o que havíamos feito com nossos parceiros anteriores.

E, ao mesmo tempo, nos queríamos livres. Havíamos dado vazão a um desejo que era mútuo, libertado a curiosidade e o amor pela vida juntos. Não haveria por que nos vigiarmos um ao outro e, assim, nos aprisionarmos. Não queríamos viver cada um uma vida independente, ela com as amigas e eu com um ou outro amigo. Queríamos viver juntos, não em mundos segregados de mulheres ou homens. Queríamos ser o esteio um do outro, ter as conversas mais íntimas entre nós, não com um ou outro amigo ocasional. E isso conseguimos. Conseguimos a tal ponto que ela se sentiu segura em compartilhar comigo algo que deveria guardar para si mesma. Se não tivesse sabido de todas as conversas que ela mantinha com o sujeito que apelidei de Luva, o que seria de nós? Seria, quem sabe, apenas um flerte que evoluiria em paz, em segredo, e terminaria tão secretamente como começou.

Em algum momento desse percurso, entretanto, algo nos trouxe às circunstâncias que resultaram na nossa separação. Pode ter acontecido bem no início. No primeiro verão que passamos juntos, como namorados, numa viagem que fizemos ao exterior. Passeávamos pelas ruas de mãos dadas. Deitávamos nus, abraçados na cama. Durante a noite inteira e em boa parte do dia éramos inseparáveis, nos ocupando apenas de dar prazer um ao outro. Sentávamos à mesa, nossas mãos tateando uma a outra, os dedos entrelaçando-se em meio a xícaras, copos e pratos. Os pés também se tocavam no chão sob a mesa. Até a ponta dos nossos sapatos se atraía, ela descalçou um pé e correu os dedos pela minha perna. Não gostava dos pés tanto assim, não naquela época, os achava grandes e ásperos, com dedos largos e unhas grossas, mas gostava de usá-los como se fossem mãos e era muito boa nisso. Apanhava objetos do chão com os dedões e gostava de me beliscar com eles. Ela empurrou o pé descalço no meio das minhas pernas. Percebeu que reagi. Reparou nas manchas vermelhas no meu pescoço. Nós nos levantamos e fomos, à procura da cama, de volta para o quarto do hotel, mas era preciso pagar a conta antes. Fomos juntos até o balcão e um jovem veio nos atender, receber o dinheiro. Ela olhou para ele e congelou, o tempo então pareceu correr mais lento, ela se movia em câmara lenta por causa daquela atração repentina. O jovem atrás do balcão não reparou em nada e isso o tornava ainda mais atraente.

Nem ela mesma se deu conta. Não até mais tarde, quando eu trouxe o assunto à tona. O desejo não se vê refletido. Ela estava cega para o próprio olhar, não conseguia se lembrar da forma como havia olhado para ele. Deve ter fantasiado abraçando-o, registrando sua presença com seu próprio corpo, vivo, aquele que sempre a tudo captou, desarmada e inadvertidamente, como fazem os corpos. Além do quê, durou apenas uns poucos segundos. Mas eu estava apaixonado e não deixava de olhá-la nos olhos, e notei que, de alguma forma, o rapaz captou sua atenção e a deixou momentaneamente cega. Ela deixou de enxergar a mim, disse a mim mesmo, deixou de me ver enquanto sua atenção estava voltada para outro. Ela estava apaixonada por mim, era carinhosa e afetuosa quando estava nos meus braços, e mesmo assim cedeu aos encantos de um outro qualquer.

Sem mesmo se dar conta. Pelo menos até eu mencionar o assunto, e só então reconheceu que havia reparado nele e que eu não havia gostado. Quem não se sente atraído por um jovem esbelto? Alguém de mãos bonitas, alto e magro, assertivo, parecendo ao mesmo tempo desconfortável e preocupado com a própria aparência, como se afetado pela timidez, ou pela juventude, ou por qualquer outra coisa. Aquele charme despropositado, em estado bruto, talvez nem fosse destinado a ela, que mesmo assim o registrou e, assim que se aproximou dele, se deixou afetar daquela maneira. Como se algo nela se conectasse com ele, o procurasse, o escutasse, o desejasse.

Durou não mais que um instante, contudo. Uma descarga que passou através dela, sem que tomasse consciência, até algum tempo depois. E mesmo que tivesse percebido, já teria esquecido novamente. O desejo fortuito afeta a todos, capta tudo, muda de ideia assim como muda de direção, ao sabor do nada. Os corpos se atraem e depois se repelem.

Acontece o tempo todo, mal paramos para pensar nisso e já nos esquecemos de novo. Ela foi apenas simpática, se deixou encantar, estava apenas vivendo. E eu estava atento a tudo que acontecia com ela. Nem precisava ter reparado naquilo. E, mesmo que reparasse, não deveria ter comentado. Deveria ter ignorado, poderia não tê-la provocado. Aconteceu com ela, foi ela quem se deixou afetar ou seja lá como chamaria isso. Foi só uma espécie de transe, passageiro.

Então por que eu não pude relevá-lo, ela pensou mais tarde.

Mas não.

Quando saímos pela rua, naquele dia quente de verão, ela sentiu minha mão a tocar-lhe as costas. Um toque leve, carinhoso, seguido da minha fala igualmente carinhosa:

— Gostou dele?

E ela disse:

— De quem?

E eu disse:

— O cara lá dentro.

Então ela me encarou, eu estava tomado de paixão e curiosidade. E parecia descontraído e feliz, não demonstrava nenhum tipo de receio, nem ela tampouco. Estava igualmente descontraída e contente, não era nada demais, estávamos apenas nos divertindo juntos, então ela disse:

— Era muito bonito.

— Eu reparei, sabia?

— Reparou?

Eu era o namorado dela, éramos dois amantes, ela estava confiante de que tínhamos uma vida pela frente, uma vida que compartilharia. Uma vida junto comigo. Segurei-a pela mão e disse que ela havia olhado para outro homem, ou rapaz, disse que tinha percebido como ela congelou quando o encarou. Saltou aos olhos, eu disse. Que ela havia gostado dele. Ela sentiu minha mão sobre seus quadris. Uma mão quente, percorrendo-lhe a cintura. Sentiu que eu a puxei para mais perto. Aproximei o rosto e cochichei na sua orelha:

— Percebi que você gostou dele.

E ela ficou inquieta, pensou *O que está acontecendo?*, e logo depois não estava mais aflita. Ela relembrou o que havia ocorrido, lembrou-se daquele olhar para ela e sentiu um calor no estômago, ou mais embaixo. E logo em seguida se esqueceu dele, sem saber que eu havia observado tudo. Ela precisava tomar mais cuidado para que isso se repetisse, talvez. Mas não, não era preciso. Não havia nenhum risco, estava tudo aparentemente bem. Continuei falando em seu ouvido, com a voz suave eu disse:

— E o que você gostou nele?

E então ela me respondeu, sem pensar duas vezes. Foi como se falasse consigo mesma, ela disse:

— Ele tinha mãos bonitas. Um corpo esguio e esbelto. E os olhos. Ele me encarou com uma espécie de sorriso nos olhos, e então eu o desejei. Mas foi só um relance, um segundo. Eu já tinha até esquecido quando você mencionou.

E eu disse:

— Mas agora você voltou a lembrar?

E ela disse:

— Sim, mas não sabia que você tinha prestado atenção em mim.

E nós voltamos para o hotel, caminhando apressados naquele calor, de mãos dadas para nos sentirmos seguros, e para sentirmos que estávamos lado a lado. E porque é assim que fazem os namorados. E lá, enquanto caminhávamos pela cidade velha, com suas pontes e torres, continuei a falar sobre o que tinha presenciado. Sobre como ela foi receptiva com alguém que encontrara por acaso. Ela me escutava com atenção. Me ouvia dizer que havia acendido uma fagulha em mim, que me fazia sentir vivo. Eu costumava dizer essas coisas. Ela não compreendeu bem o que significava. Pediu que explicasse melhor. Eu disse que era como se pudesse enxergá-la mais nitidamente ao vê-la reparando em outro homem. Eu gostava de falar daquilo, obviamente, era algo que me comovia, ela percebeu. E assim também a afetava.

— Gostei de ver você demonstrando essa abertura.

— Acho que ele nem notou.

— Não acho que essas coisas possam ser percebidas assim. Você não concorda?

— Talvez seja verdade. É uma ideia excitante.

— Ele te olhou com desejo.

— Você gostou?

— Acho que sim.

— Aquilo mexeu com você.

— Você achou?

— Sim, eu vi que você ficou excitada.

— E daí?

— Talvez tenha ficado molhadinha.

— Não, acho que não. Você acha que eu fiquei molhadinha?

— Aposto que ficou.

— Você vai descobrir logo, logo, de qualquer maneira.

Chegamos ao hotel e entramos juntos no elevador apertado. Não desgrudávamos os olhos um do outro. Pus a mão no seu quadril. Puxei-a para perto de mim e encarei-a nos olhos. Ela foi devassada por mim. Sentiu que estava sendo devassada por mim. Pensou que ali e então estava sendo escrutinada por alguém de uma maneira como nunca havia sido. Era excitante e um pouco assustador. Cruzamos o corredor e encontramos nosso quarto, entramos e trancamos a porta. Comecei a despi-la. Ela usava um vestido, não, não era um vestido, não, naquele dia ela vestia uma camiseta verde com uma mão dourada estampada, bermudas brancas, tênis e meias da mesma cor. Por baixo, um sutiã e uma calcinha simples, que logo arranquei do seu corpo. Ela preferia despir-se sozinha, gostava mais de se virar meio de lado quando tirava as roupas do corpo. Mas agora deixava que eu tirasse tudo. Ela se lembra apenas do que estava vestindo, não das roupas que eu usava, embora provavelmente tenha tirado minhas roupas enquanto eu tirava as dela. Não, na verdade. Ela me observou enquanto eu me despia. Eu era alto e magro e mais louro do que qualquer corpo que ela tivesse visto antes. E desejava tanta coisa com ela. Não tirava os olhos dela, o tempo inteiro, meu rosto se iluminava e se deslocava para onde quer que ela fosse, como o facho de um farol vasculhando por algo vivo na mais absoluta e aterradora treva.

Ela não se lembra disso. Por muitos anos, esse episódio caiu no esquecimento, completamente. E então, numa certa noite, veio à tona. Que eu e ela estávamos deitados na cama, que começáramos a namorar havia seis meses apenas, e que sussurrei em seu ouvido as coisas maravilhosas que ela poderia fazer com um outro homem. Quem é capaz dizer coisas assim? Quase ninguém, achávamos nós. Mas eu era. Havia começado aquilo e não conseguia mais parar. E ela gostava, desencadeava nela sensações que lhe davam prazer.

Por muitos anos deixei de dizer essas coisas, e então comecei a dizê-las de novo: deitei ao seu lado e sussurrei em seu ouvido as coisas que outras pessoas poderiam fazer com ela. Ela escutava minha voz e se masturbava, e então eu a penetrava e tudo estremecia, tudo nela levantava voo e desabava no chão, tudo que poderia acontecer e aquilo que de fato acontecia, os personagens imaginários e o real, como se estivesse deitada no meio de uma multidão de homens nus que apenas a desejassem. Ela ouviu o próprio grito. Ouviu a própria voz no quarto escuro, um gemido solitário. Reverberando no teto, como se tivesse gritado para alertar a si mesma.

5

— Imagine que nós dois nos conhecemos.

— Sim, e nos tornamos nós dois.

— É incrível.

— Logo nós dois, que somos tão diferentes.

— Logo eu, que poderia estar com outro alguém e não com você.

— Eu também. Você acha que é assim que acontece com todo mundo?

— Não, acho que tivemos sorte.

— Mas estar com alguém é acreditar que nunca poderia haver outro, que sempre seríamos só nós dois, que a vida nunca poderia ser melhor que esta. Era assim que você pensava da última vez, não é?

— Não. Sempre me perguntei se as coisas deviam ser daquele jeito, sempre tive em mim essa dúvida. Como se sempre tivesse desconfiado de que aquilo era tudo. Talvez não exista uma vida melhor, eu pensava, talvez eu devesse apenas me acostumar com essa. Ficava remoendo esse pensamento, a ponto de não suportar mais, e mesmo assim fiquei ao lado dele.

— E agora não duvida mais?

— Não, não mesmo.

— E está bem assim?

— Sim, está ótimo.

— Então quer dizer que prefere como está agora?

— E você por acaso não tem dúvidas?

— Não, não mesmo.

— Não seja assim tão definitivo.

— Mas da outra vez eu também não tinha dúvidas.

— Ah, não?

— Não foi nada confortável, sempre foi difícil. Ela sempre ficava ofendida ou chateada, e eu sempre tentava alegrá-la novamente. Mesmo assim não duvidava. Achava que minha vida tinha começado, afinal. Mas com você me sinto incrivelmente melhor. Agora, imagine se for sempre melhor a cada vez? Se nós terminássemos, e você encontrasse outro, talvez as coisas pudessem ser ainda melhores.

— Encontrasse quem?

— Uma pessoa qualquer. Um desconhecido.

— É isso que você quer então?

— Não, não mesmo. Mas eu não deixaria de te amar se você encontrasse outra pessoa.

— Não acredito nem um pouco nisso.

— Mas então o que significa amar? Se eu te amo de verdade só posso desejar o seu bem. E se você acha que estará melhor com outra pessoa, eu deveria te amar do mesmo jeito, certo? Deveria te apoiar mesmo se você preferir estar com outro. E acho que é isso mesmo que eu faria.

— Espere um pouco.

— Sim?

— Você não consegue ficar quieto um instante?

— Eu falo demais, eu sei.

— Apenas continue, por favor. E não diga mais nada.

6

O que é o amor: O que é o amor, não, é inútil perguntar. Em primeiro lugar, é uma pergunta muito genérica. E em segundo lugar? Ela já nem se lembra. O termo remete a um sentimento ou experiência que todos pensamos que conhecemos, mas é uma palavra muito pequena e, ao mesmo tempo, demasiado grande. Uma palavra como *amor* comporta muita coisa, simplesmente. Ela acha que qualquer um que queira dizer ou escrever algo deve estar aberto para acreditar que cada palavra indica algo específico, limitado e passível de identificação. Mas não é assim, essa escolha de palavras é como os dedos de uma mão aberta, cada um apontando para uma direção.

E mesmo assim: o que era o amor para nós? Uma espécie de codependência ou benefício mútuo? Eu me tornei dependente dela, me abriguei sob sua sombra, me subordinei a ela e me deixei eclipsar pela luz de sua existência e de seu humor? Terá ela feito o mesmo em relação a mim? Estávamos apenas atraídos e desejávamos essa companhia mútua, ou queríamos nos entregar inteiramente um ao outro? Para mim foi isso, ela presumia. Eu quis compartilhar meu eu com ela, quis me afastar de mim, não quis assumir a responsabilidade por tudo, não sozinho.

Ela se lembra que eu me despi e me deitei junto dela. Eu era então o corpo amoroso, dependente e ávido por amor deitado a seu lado, alguém disposto a dar ou receber prazer. Era o homem que queria estar com ela, alguém que repousava no simples fato de ela estar ali. Eu vivia à luz de seus olhos. Ela se lembra de eu ter lhe dito isso. Eu adentrei a vida dela, me perdi em sua existência, que também era minha, porque eu era casado com ela, porque havia me entregado a ela.

Usei essa expressão. Não no começo, não nos primeiros anos, mas depois que comecei a ficar mais em casa, depois que passei a esperá-la, depois que me tornei alguém sempre pronto para viver a vida que ela vivia e de acordo com tudo que ela dizia.

Ela se lembra de mim dentro de casa, permanentemente, de preferir que fosse assim. Lembra-se de mim andando de um lado para o outro, limpando, aspirando, lavando a roupa das crianças, as dela e as minhas, estendendo-as no varal lá fora quando o tempo permitia, lembra-se de me ver saindo pela porta carregando lençóis brancos, sutiãs e camisetas. Ela me via pendurá-los no varal, esticando os braços e prendendo as peças com pregadores, tendo o cuidado de repuxar bem as roupas para não amarrotá-las. Quando estavam secas, eu as trazia para dentro de casa e dobrava com capricho, gostava de me comportar como uma dona de casa da década de 1960, e assim me afastava de mim mesmo. Ela me chamava de *marida*, me chamava de *nossa marida*, sabia que eu gostava disso e também passou a gostar. Certa vez, quando precisei viajar por alguns dias, ela disse *como é que vai ser agora, não vou conseguir fazer as coisas sem você, sem ajuda, vamos precisar de mais uma marida*. Sorri admirado para ela, ela se lembra daquele sorriso. Ela se lembra que eu gostava do cheirinho da roupa recém-lavada estendida lá fora. Ela pensa em mim, não com tanta frequência, muito tempo depois de já não reconhecermos mais um ao outro, lembra-se de mim sentado numa cadeira, olhando imóvel para ela. Ela se lembra de mim fazendo um risoto com beterrabas assadas, rente à janela da cozinha, preparando o jantar, escutando música. Ela se levanta e caminha pela casa, arruma algo para fazer e esquece de tudo que se passou.

Ela se lembra de que, caso eu já não estivesse em casa, sempre estaria a caminho de lá. Quando chegava, abria a porta e dizia, *aqui estou*. Finalmente, passei a vida inteira para chegar aqui. Eu havia estado em lugares por onde ela não esteve, e ela não fazia ideia de como tinha conseguido suportar minha ausência, mas agora ali estava eu, o homem com quem ela vivia. Se ela já não estivesse em casa, eu tinha a certeza de que deveria estar a caminho, que chegaria a qualquer momento. Disso ela lembra, às vezes se pega revivendo essas memórias, mas depois não se lembra mais.

Pois o que é o amor senão também usufruir do corpo alheio, saciar-se da doce ternura e da violenta fome do outro? Por acaso o outro também não usufruía dessa mesma ternura, dessa mesma fome, do desespero, da felicidade? Não seria o amor estar à disposição, deixar-se despir, ser tocado, ser observado, ser aquele que vê e que despe o outro?

    Sim, e eu me deitei sobre ela. Segurei-a pelos punhos, com força. Ela gostava, ou era eu quem gostava, sim, talvez eu quem gostasse. Eu quem precisava de tudo que nos diferenciasse daquilo que parecia comum, daquilo que já havia sido compreendido e interpretado, daquilo que ainda estava por ser explorado. Sempre queria algo mais. Dobrei seus braços sobre sua cabeça e segurei suas mãos com a minha. Agora, ela estava deitada com os braços sobre a cabeça, como se estivesse amarrada. Minha outra mão estava livre para segurar seu queixo e estapeá-la de leve na bochecha. Primeiro gentilmente, depois um pouco mais forte. Ela relaxou inteira e gemeu de prazer. Queria que eu não parasse, ainda não. Puxei seu cabelo, ela sentiu que virei sua cabeça para o lado bruscamente, endireitei seu corpo. Sentiu minha mão apalpando um seio macio e redondo, que parecia flutuar quando ela deitava de costas, ela mesmo não gostava tanto deles, mas sabia que eu tinha um fraco por aqueles seios. Eu era fraco, carinhoso, apaixonado e capaz de perdoar quase tudo que fizesse, ela se sentia mimada. Diante dela eu me diminuía, ela sabia, de início isso a surpreendeu, mas depois não mais. Eu estava entregue, mas o que ela mais gostava era que me transformasse em alguém a quem ela poderia se entregar, alguém que não desistia tão facilmente. E era justamente isso que eu fazia agora, agarrando suas coxas com força para afastar uma perna da outra. Deixando-a disponível para mim. Me enfiei dentro dela, logo ela acompanhava aquele movimento e se deixava levar por mim, ela ansiava por isso. Por muito tempo achei que isso a tornava feminina demais, ou me tornava masculino demais. Tinha tanto medo de ser aquele sujeito típico e ordinário, sempre, um macho que só quer ejacular e pronto. Deveria haver algo que nos diferenciasse de todos os outros, ela me ouviu dizer. Ela sabia que eu pensava assim a cada vez que me deitava sobre ela e a penetrava. Era só aquilo e pronto? Eu me deitava a seu lado e sussurrava em seu ouvido até ela gozar. Mas então ela me queria em cima dela, e no final era esse meu desejo também. Era impossível escapar, mesmo para nós dois, sempre findávamos naquilo, eu deitado sobre ela, sempre acabávamos assim, embora fizéssemos tudo que era possível antes, nos imobilizávamos, nos amarrávamos, nos batíamos, nos lambíamos, inventávamos histórias, e eu dizia *quero que você tenha tudo, todos, qualquer coisa e qualquer um que um dia venha a desejar*. Mesmo assim o desfecho era comigo deitado sobre ela, possuindo-a, e ela deitada sob mim, se deixando possuir. Logo, eu não passava de um homem comum e ela seria apenas uma mulher comum, afinal?

Eu disse que queria vê-la com outra pessoa, queria apreciá-la com mais clareza, como ela seria quando não estava comigo, queria vê-la fazer o que não podia fazer comigo. Ela disse:

— E com quem seria?

E eu disse:

— Você precisa encontrar alguém de quem goste. Talvez possamos encontrar alguém pela internet.

E ela disse:

— Não, assim não, primeiro teríamos que tomar um café com ele. Encontrar alguém que comprou uma camisa chique, que se empetecou todo para me conhecer só porque quer transar comigo, e depois ficar com ele num apartamento estranho, não quero.

E eu disse:

— Então você precisa encontrar alguém.

E ela disse:

— Mas imagine se eu me apaixonar por ele?

E eu disse:

— Vamos lidar bem com isso. Vai ser ainda mais excitante, quero ver se você é capaz de resistir a ele, que não é a mim que quer, que não é em mim que você pensa.

E ela disse:

— Mas você não vai ficar com ciúmes?

E eu disse:

— Sim, com certeza, é isso que é mais excitante, eu gosto da ideia de ser preterido, ficar de fora. Vou amar você ainda mais assim.

E ela disse

— Espero que sim, mas não sei se teria coragem.

E eu disse:

— Tenho certeza que teria, eu sei como você olha para os outros, é isso que não posso ignorar. Tenho que ver acontecer, senão terei medo que aconteça, e esse medo não quero ter. Quero ver você desabotoar a camisa dele, a calça, quero vê-lo tirar a roupa e ficar nu com você.

E ela disse:

— Mas depois, o que vamos fazer?

— Depois vou beijá-lo e provar o gosto que ele tem, vou lamber tudo dele que estava dentro de você. Quero que você me veja chupando ele.

— E o que eu farei enquanto você fizer isso?

E eu disse:

— Quero que você fique do outro lado do quarto, apague a luz e finja que está vendo um filme

E ela disse:

— Venha e se deite em cima de mim.

E foi o que fiz, éramos só dois naquele quarto, e depois ficamos imóveis por um bom tempo.

Mas o amor também não era uma troca de poder? E estar apaixonado também não era uma maneira de compartilhar essa ternura? E essa ternura não pressupunha que um assumisse o controle do outro? Um parceiro não deve sempre se submeter ao outro, mesmo que apenas por alguns segundos a cada vez? Sim, sim, era verdade, eu disse isso e ela também, nós acreditávamos nisso. Valia para qualquer beijo, qualquer abraço, qualquer trepada: ou era ela quem era beijada, abraçada ou possuída, ou era ela quem fazia tudo isso comigo. Eu gostava de pensar que costumávamos nos alternar, ela sabia disso. E isso nós fazíamos bem, devíamos fazer. Deve ter havido uma troca de carinhos e submissão entre nós, momentos ou períodos em que nunca sabíamos bem quem cuidava de quem, ou não? Não era assim?

Ela não sabe mais.

Mas o amor entre dois adultos não envolve também o medo de viver sozinho, a vontade de escapar de si mesmo, custe o que custar? Ter alguém com quem dividir um lar, esperando em casa, disposto a escutar, que gentilmente aponte seus erros? Poder olhar nos olhos de alguém que talvez saiba quem você é, ou quem não é? Alguém que diga: *relaxe agora, venha aqui, deite comigo.*

Ou seria apenas alguém com quem dividir uma cama? Fazer as refeições, sentar no sofá, dormir, conversar, olhar para algo, dar as costas ao mundo, tudo isso junto com alguém? Voltar a dormir e a dormir e a dormir ao lado de alguém, repetidamente, deitar-se sem roupas e acordar nos braços do outro também nu? Acaso não era para ser assim, pelo menos se fôssemos excepcionalmente felizes — e éramos, nós dois, pelo menos era o que pensávamos —, não se tratava sobretudo de desejar tudo com o outro? Tudo, absolutamente tudo. Desejaríamos isso? Para mim, ela era alguém de quem cuidar, alguém a quem ser leal, alguém com quem compartilhar meus delírios, eu disse. Gostava de falar assim, e para ela eu era uma pessoa sempre presente, talvez, ela não sabe mais. Será que desejávamos mesmo compartilhar tudo entre nós dois? Será que nosso amor não seria na verdade bem convencional? Não seria esse amor uma espécie de determinação de parecer com todo mundo, seguir o exemplo de como viviam todos os nossos conhecidos, de se firmar na vida tendo um companheiro, filhos e, na melhor das hipóteses, uma casa com garagem? Ter acesso permanente a carinho e cuidados, companhia à noite, sexo nas madrugadas e uma vida financeira um pouco melhor?

Sim, sim, foi exatamente isso.

E, assim sendo, esse amor implicava também, como ela sabe muito bem agora, pôr a perder tudo que tivemos.

Eu era o homem por quem ela se apaixonou muitos anos atrás. O cara de camisas amarrotadas, de nariz adunco e olhar carrancudo. O sujeito com quem ela teve filhos, que chorava quando as crianças brigavam, extremamente zeloso em relação às refeições, a tudo que comíamos, quando e onde comíamos. O sujeito que a seguia com o olhar cada vez que ela passava por perto, maravilhado, apenas por ela existir. Ela se lembra de eu ter dito *Você pode fazer tudo que quiser, eu vou te amar de qualquer maneira*. E se lembra do dia em que eu não pude mais dizer isso. Aquele instante que veio como um estranho alívio. Seu mundo desmoronou, de um jeito como ela jamais havia imaginado que desmoronaria.

E agora era manhã. Era primavera, fins de maio, um sábado. Estava sentado na escada lendo, as crianças iam e vinham, ocupadas em seu mundo. Era o que sempre faziam, ao que parece, quando ela olha em retrospecto para aquele ano, e o ano seguinte. Ela saiu e me viu sentado ali. Quis até colocar a mão no meu pescoço, mas não o fez, sem saber ao certo por quê. Meu pescoço era bastante estreito, branco, como o de uma criança, eu estava com a cabeça projetada sobre um livro aberto sobre os joelhos, com o corpo inclinado e os braços apoiados nas coxas. Lia de boca entreaberta, ergui os olhos e mexi os lábios, anotei algo numa folha. Ela quis se sentar a meu lado e apoiar o braço nas minhas costas, mas não o fez. Em vez disso, passou por mim e desceu apressada os quatro degraus, deu meia-volta sobre o cascalho e se virou para mim sem saber o que dizer.

— Você vai correr?

Ela assentiu com a cabeça, tinha um compromisso, achou que deveria contar, mas não encontrava o tom certo. E então pensou numa maneira. Falou docemente, de um jeito que sabia que eu gostava. Inclinou a cabeça, como os amantes fazem um com o outro inconscientemente e disse:

— Recebi um convite.

— Para quê?

— Correr.

— Convite de quem? Dele?

— Sim.

— Mas você não correu com ele ontem também?

— Sim, mas ontem o encontrei por acaso.

— E agora ele te enviou uma mensagem de texto?

— Sim.

Ela riu, e então eu também. Foi engraçado. Não era tão ruim, afinal. Ela quis me dar um abraço, mas não podia, não agora. Deu um passo adiante e me fez um carinho no rosto, e eu disse:

— Mas ele não é casado?

— É sim. Mas vamos apenas correr, você sabe.

— E você acha ele bonito?

— Ele está em forma.

Nós nos entreolhamos. Era uma piada, uma espécie de jogo, ela sabia que eu retomaria aquilo à noite quando fôssemos deitar. Olhou para mim e disse:

— Não tem perigo.

— Por mim tudo bem.

— O quê?

— Você correr junto com ele. Não é que você tenha que deixar de correr com ele só porque ele é homem. Não é assim que nós somos.

— Não, não somos assim.

— Além disso, gosto de pensar que você o acha bonito.

— Não disse que ele é bonito nesse sentido.

— Não?

— Não sei.

Ela precisou sopesar as palavras. Eu disse:

— Parece que seu rosto está corando.

— Não está nada.

Fiquei olhando para ela, que não fazia ideia onde aquela conversa iria parar. Era apenas uma brincadeira, algo que inventei para que pudéssemos fantasiar juntos quando ela chegasse em casa? Fazia sol, ele sentiu o calor se espalhar pelas costas e nuca, e também pelo rosto.

— Meu rosto está corando porque você disse que estou corando.

— Você se sai muito bem quando fica sem graça.

— Sem graça?

— É assim que se diz.

— Preciso ir.

— Sim, você precisa.

— Não sei quanto tempo vou demorar.

— Vou ficar aqui.

— É que ele quer me mostrar uma trilha que talvez seja meio longa.

— Tome cuidado, então.

— Com o quê?

— Com a corrida.

— Não estou levando o celular. É um *saco* correr com ele.

Ela se sentia livre. Era algo que proporcionávamos um ao outro, dizer sim para tudo que o outro queria, calhava muito bem ao que eu costumava dizer a ela quando estávamos nus, juntos. Que ela poderia fazer o que bem entendesse. Que deveria ser livre, porque a liberdade lhe caía muito bem. Que um dia ela sentiria atração por outro, e então poderia fazer tudo o que quisesse com ele, chegar em casa depois e me contar. Mas ela não queria propriamente fazer o que lhe desse na telha, ela pensou, nem tudo. Não queria ser infiel, por exemplo. Queria viver a vida exatamente como era. Achando que deveria cuidar de si mesma, e cuidar de mim, para que eu não me entediasse, para que nada entre nós fosse destruído.

Não, isso ela não achava. Não mais.

De manhã cedinho, ela havia recebido uma mensagem. Tinha pressentido aquela mensagem chegar e então ouviu o som abafado do telefone, não era um número conhecido, e assim que leu o nome do remetente ao final sentiu sua presença no quarto, sua silhueta, seu peso, sua existência, sentiu o ar invadindo seus próprios pulmões e ocupando um espaço à medida que inspirava e expirava.

O texto era curtíssimo, ele perguntando *Quer dar uma corrida comigo?*. A ideia era ir mais distante que da vez anterior, ele escreveu.

E ela escreveu de volta: *Sim, seria ótimo. Agora mesmo?*. E ele respondeu, quase imediatamente: *Perfeito*. Ela foi se trocar, depois saiu para falar comigo e agora estava a caminho de encontrá-lo. Fechou o portão ao passar e saiu correndo.

Passou o dia inteiro fora. Quando voltou, estava entusiasmada com tudo que havia experimentado, mas se recusava a pensar nisso. Foi apenas prazeroso, nada de mais, e agora estava de volta à vida de sempre. Já era tarde, um sábado comum em família. Eu tinha preparado uma pizza com as crianças. Havíamos acabado de comer quando ela chegou. Contou-me por onde havia estado e sua voz fluía bem, ela percebia. Me falou com detalhes sobre a paisagem e o percurso por onde havia corrido. Foi tomar um banho e aproveitou o tempo sozinha sob a ducha quente. Quando saiu, a cozinha já estava limpa. As crianças tinham ido para seus quartos e eu estava no jardim. Ela me viu pela janela, caminhando de um lado para o outro olhando para o chão, e percebeu que eu estava cortando a grama.

Deve ter pensado *E agora?*, e depois não pensou mais, não conseguia pensar, não naquilo. Foi até o jardim, onde eu havia terminado. Lá estava eu, com uma camisa velha e uma calça jeans rasgada, meus sapatos tingidos pelo verde da grama. Eu, o homem com quem ela estava habituada, fui em sua direção caminhando pelo gramado com os ombros encolhidos, e de repente me vi tão pequeno, tão assustado. Mas não queria que ela me visse assim, ela percebeu. Percebeu e ficou afetada. Como se se deixasse emocionar à distância, como um personagem de um filme ou uma série de TV do qual sentisse pena. Então cresceu dentro dela o outro sentimento, aquele no qual não suportava pensar. Ele a desejava. Esse sentimento, ela pensou, aflorava dentro de si como a água escura e turbulenta de um rio que transborda e invade uma casa na qual todos estão adormecidos.

Ela apoiou as mãos nos meus ombros. Olhei para ela lívido, com uma expressão vulnerável e carente no rosto. Os ossos salientes sob a pele, o nariz sobressaindo do rosto como um bico. Eu tinha uma depressão no crânio na altura da têmpora, ela não havia reparado até então. As órbitas dos meus olhos estavam mais profundas do que ela jamais notara. Meus olhos azuis e arregalados cresciam, aumentavam de tamanho com o correr dos anos. Ela respirou fundo e disse:

— Oi, amor, está tudo bem com você?

Não foi preciso mais nada para aquela sensação ir embora, meu rosto voltou a ganhar cor e deixou de aparentar tanto medo. Aprumei o corpo e fingi que estava tudo bem. Ela se inclinou na minha direção, encostou o rosto no meu ombro e sentiu meus braços em volta das suas costas. Beijou a pele nua do meu braço pensando nele, na pele dele, em como seria a sensação de tocar os lábios naquela pele, sentir o toque daquelas mãos.

    Pouco depois, estávamos sentados na mesa do jardim, e ela contou que havia estado num trecho da floresta que até então desconhecia. Uma área remota, intocada. Eles correram sobre o musgo macio, sob a copa de pinheiros centenários. Ela me contou sobre o que tinham conversado, disse que ele queria incorporá-la a um projeto de pesquisa que o ministério estava para lançar. Ela ficou lisonjeada. Não tinha tempo para aquilo e tampouco sabia se iriam liberá-la no trabalho. Além disso, tinha receio de embarcar num projeto sob a responsabilidade do ministério, havia conflitos de interesse que dificultariam a relação entre as várias instâncias governamentais.

    Mas ele não queria abrir mão de tê-la, elogiara bastante seu trabalho, queria ajudá-la a progredir na carreira. Queria algo mais também, ela intuiu. Mas talvez estivesse equivocada, ela não sabia, não estava acostumada com outros homens encarando-a daquela forma como ele fazia. Ela gostou. Não desviou o olhar, como se estivessem desafiando um ao outro. Demoraram-se olhando um nos olhos do outro, demoraram-se um tanto além da conta.

    Ela contou isso tudo para mim, escutando a própria história como se estivesse comentando da água que corria no riacho. O sussurro do sangue fluindo em seus ouvidos lembrava o borbulhar de uma corredeira, o sopro do vento, o burburinho de vozes numa sala lotada em que ela não estava.

Avançamos pela noite conversando no jardim. As copas das árvores ao nosso redor enegreceram, vestindo-se da escuridão como roupas que absorvem a umidade. O céu ainda claro, turquesa, branco, verde a azul-escuro, ia sendo engolido pelo crepúsculo. Estávamos sentados numa clareira que deixava entrever o céu iluminado sobre nossas cabeças, à medida que o breu da noite de verão se insinuava ao redor de nossos pés, sob a mesa, pela grama. Acendi uma vela. Meu rosto se iluminou pela chama enquanto eu me inclinava sobre a mesa com o fósforo na mão.

Ela pegou o notebook e me mostrou uma foto dele na internet. Fiquei um pouco desapontado, ela percebeu, ou ao menos discretamente surpreso. Disse que ele parecia um homem comum. Aparentava ser mais velho, embora fosse mais jovem que ela. Dava a impressão de ser um adulto da década de 1960, autoconfiante, rígido, com as calças meticulosamente passadas a ferro. Também vestia uma camisa pavorosa. Ela me ouviu falando dessa forma, entusiasmado e alegre, e nem percebi que ficou ofendida. Mas ficou, sim, magoada de verdade, tomou para si as dores dele. Costumávamos ter as mesmas opiniões sobre as pessoas que conhecíamos, mas agora se tratava de outra coisa. Ela queria que eu parasse de falar. Queria me contar dele para ouvir a si mesma falando, para ouvir o que ela mesma tinha a dizer. Não sabia exatamente quem ele era até descrevê-lo, e não queria que eu a interrompesse.

Mas ele não era o tipo de homem que eu havia imaginado. Imaginava que, se ela tivesse que flertar com outro homem, ele deveria ter uma beleza ambígua, deveria ser menos robusto e mais andrógino. Um homem de quem eu também gostaria, por quem também pudesse me apaixonar.

— Ele é treinador de esqui.

— Sim, você já me disse.

— Também é professor de dança e instrutor de escalada. É membro de um clube de tiro e quer me ensinar a atirar. E já foi até professor de equitação.

— E quer te ensinar a cavalgar?

— Sim, e ele corre, como você sabe. Ele e eu temos os mesmos interesses.

— Ele é mesmo professor de equitação?

— Isso já faz muito tempo. Mas ainda tem um cavalo.

Ela estava orgulhosa dele, como uma mãe que sentisse orgulho do filho, não, como todos os apaixonados que desejam contar a todo mundo as qualidades maravilhosas daquela pessoa que chegou para ocupar um espaço em suas vidas. Ela queria me falar sobre ele, era a mim que ela estava habituada a fazer confidências. E agora ela sentia que eu era o interessado em saber mais. Queria vê-lo da mesma forma como ela o via, queria ser como ela, queria saber o que sentia por ele. E eu disse:

— Não entendo o que você viu nele.

— O corpo. Tenho vontade de tocar nele.

— Onde?

— Num quarto escuro, talvez.

Inclinei-me para a frente, ela sentiu minha mão sobre seu joelho.

— No corpo onde?

— Os braços, o pescoço. Não sei, talvez mais embaixo no abdômen. Ele está em ótima forma, sabe. Tenho vontade de enfiar a mão no cós das calças dele, sentir a pele logo abaixo do abdômen. Tenho vontade de dar um beijo nele ao mesmo tempo.

Ela falava como se estivesse num devaneio, entorpecida só de ouvir a própria voz.

— Você acha difícil me ouvir falar assim?

— Não. Me dá até tesão.

— Dá mesmo?

— Sim, sinto prazer de me ouvir. É excitante.

— Não quero fazer isso de verdade, não na realidade. Você entende?

— Mas talvez você venha a fazer assim mesmo.

— Não posso. Não quero.

— Tem certeza? Não deveríamos ter um espaço para isso, já que nossa vida conjugal é tão boa?

Ali estava eu, o marido dela. Várias vezes por dia, eu dizia que a amava, mas repetidamente também dizia que ela deveria ser livre, que era a vida dela em questão, que ela deveria se sentir viva. Era uma tarde de verão, a noite já caía. Nossa vida, tudo que compartilhávamos, não se assemelhava à vida de mais ninguém, disso tínhamos a certeza. E aquela era a única vida possível para mim, eu costumava dizer. Eram palavras fortes, ela achava, enquanto também se confortava nelas. Estava à vontade por ter a mim sempre por perto, por se saber permanentemente sob meu escrutínio, desabrochando, como uma flor branca e deformada. Nossa conversa podia ser notada por quem passava ao largo, mas ninguém saberia dizer ao certo sobre o que conversávamos. Parecíamos um casal qualquer que se diverte juntos, tendo uma conversa íntima sobre coisas das quais não se pode falar com mais ninguém. Ela se aprumou na cadeira e, como se arrancasse de dentro de si algo que a incomodou durante a tarde inteira, disse:

— Não sei se ele gosta de mim.

— Claro que gosta.

— Não consigo acreditar.

— É fácil perceber que ele gosta.

— Como você sabe?

— Você gosta dele, esses sentimentos são quase sempre recíprocos. Vocês conversaram, trocaram e-mails. Ele convidou você para correr, vocês correram juntos duas vezes. Você disse que ele te olha nos olhos, e você corresponde. São sinais óbvios, provavelmente você também sabe.

Agora eu me sentia seguro de novo, como sempre me sentia quando ela estava em casa, quando compartilhávamos o mesmo espaço. Aproximei-me dela, disse que não havia perigo, que, se algum dia ela se sentisse atraída por outro, por exemplo, ele, então que seguisse seus sentimentos, fizesse algo a respeito. E acrescentei que seria ótimo para nós dois. Fiz um gesto com o braço em direção ao jardim, ou para além do jardim, em direção às casas vizinhas. Queria tanto viver uma vida diferente. Faria quase tudo para evitar ser um homem comum num mundo que se perpetuava indefinidamente, no qual todos eram parecidos entre si a vida dava a impressão de estar predeterminada. Uma vida tão medíocre e tacanha que não conseguia suportar a ideia de me ver assim, eu costumava dizer. E ela disse que sabia. Ela gostava disso, embora não soubesse ao certo o que isso implicava.

Eu disse — o que foi que eu falei? — algo sobre ela ter que dar ouvidos àquilo que existia de mais vivo dentro dela. Qualquer outro homem sentiria ciúmes, faria cenas, ficaria furioso com alguém que descaradamente assediou a esposa alheia. Mas eu estava de bom humor, assim parecia, estava ansioso, queria saber como aquilo a afetava. Agora que ela estava de volta, agora que estávamos de novo reunidos em casa, agora não havia limites para o que poderia acontecer. Eu disse que a cultura em que vivemos sempre deixou os homens à vontade para fazer o que bem entendessem. Não era comum que os homens tivessem amantes e mesmo relacionamentos duradouros paralelamente ao casamento? Por essa razão Simone de Beauvoir não quis se casar, porque tinha medo de terminar com um homem que vivia da mesma maneira que seu pai. Esposa e filhos numa casa, amante numa outra, indo e voltando, alternando entre duas vidas. Foi assim que a sexualidade masculina se sedimentou ao longo dos séculos. Mas não há razão para acreditar que a sexualidade seja mais fraca ou diferente nas mulheres, então por que essa situação não pode ser invertida? Pense em Vanessa Bell, pense em Iris Murdoch, eu disse, ambas tinham outros relacionamentos, com total transparência, para evitar a hipocrisia e as mentiras, várias outras também fizeram assim. Mas, na época e no país em que vivemos, todas as tentativas de criar uma vida independente cessaram de existir, todos os nossos conhecidos viviam num modelo que parecia estacionado na década de 1950, era insuportável. Por que ela não deveria fazer o que tantos homens fizeram ao longo de séculos? Eu estava falando a sério, ela sabia muito bem. Ela se lembrou de como eu parecia assustado assim que chegou em casa, mas depois esqueceu. Acreditando que eu estava lhe possibilitando algo que ela mesma não vislumbrara.

Disse que eu era incrível, e eu respondi que a amava. Meu rosto se iluminou, como se irradiasse paixão no lusco-fusco daquele instante. Nós nos levantamos para entrar em casa, nos abraçamos e beijamos, rimos e nos bolinamos sob as roupas. A escuridão finalmente triunfou sobre as árvores, o ar, a grama e as cadeiras. Ficamos de pé e nos abraçamos por um bom tempo, e então ela se desvencilhou dos meus braços e entramos para nos deitar.

Ela estava sozinha no banheiro. Olhando para o reflexo no espelho. Olhou para os próprios olhos.

Manteve o olhar ali até não mais conseguir. Em seguida, veio para a cama. Me ouviu caminhando de um lado para o outro, limpando a casa. Pus os copos na máquina de lavar, abri e fechei armários. Então tudo ficou quieto. Talvez eu tivesse me sentado para escrever. Ela pensou naquele que colocara a mão em seu pescoço, ela ficara completamente imóvel e permitira.

Havia quase adormecido quando vim me deitar, mas despertou. Ficou deitada me observando tirar a camiseta. Joguei a roupa descuidadamente para longe de mim. O cinto já estava aberto e deixei as calças deslizarem, deixei-as largadas no chão. Tirei a cueca, fiquei um instante curvado e logo aprumei o corpo. Eu era seu marido, estava nu diante dela, que queria que eu viesse me deitar.

Deitamos lado a lado, e disse em seu ouvido tudo que queria que ela fizesse. Ela havia se acostumado com aquilo, chegava quase a gozar apenas por me ouvir falando, mas agora ela disse:

— Ei, será não podemos apenas transar?

E eu:

— Mas já?

E ela:

— Sim, uma trepada norueguesa comum.

E foi o que fizemos, ou foi o que fiz com ela. Ela ficou deitada de costas, abriu as pernas, ou eu as abri, ela não lembra mais, mas a penetrei e comecei a trepar com ela, deitado sobre ela. Uma transa norueguesa simples, rápida, rítmica, forte. Deitada de costas, ela não conseguia manter os olhos abertos, não conseguia manter a boca fechada. Ela se permitiu ser penetrada na cama. Se deixou ser copulada, se deixou ser preenchida e possuída, se deixou ser gozada, e era eu quem lhe fazia tudo isso, com ela observando meu rosto rente ao seu, suado, quente, eu respirando ofegante, de boca aberta, como se estivesse correndo.

Ela tinha a mente no sujeito que acabara de conhecer. Em seu pescoço, nos seus braços, nele se deitando sobre ela. Eu me deitei sobre ela, a possuí sem dizer palavra. Foi delicioso, não chegou a demorar tanto, e ela gostou assim, rápido e forte, em silêncio. Deitada com as pernas e braços abertos. Debaixo de um homem que a desejava mais que qualquer outra pessoa, ou mesmo que qualquer coisa, ela sabia, mas era o bastante? Ela não sabia, não queria saber daquilo, não agora. Me movia com força dentro dela, para dentro e para fora, para dentro e para fora, de novo e de novo e de novo e de novo. Ela esqueceu de pensar nele, e depois não esqueceu mais dele.

Ela precisava dizer isso, gritar, ouvir sua própria voz. Ela disse *Ei*. Ela disse *Ei, ei, ei*. Disse *Ei, você é um tesão*. Disse meu nome: Oh, Jon, oh Jon, oh Jon. Disse *Jon, se algum dia nós terminarmos*. Disse *Não vamos nunca terminar, mas se*. E disse *Então vamos ter um relacionamento secreto, você e eu, porque não vou querer parar de transar com você, sabia?* Ela adorou dizer disso. E viu o efeito que teve em meu semblante, que se iluminou, ou eram apenas as trevas que se haviam ido, como ela poderia saber ao certo? Eu estava sozinho num mundo que pertencia apenas a ela e a mim. Ela percebeu que eu tinha reparado no que lhe acontecera, agora enfim eu percebia, agora que finalmente me contou. Ela gritou meu nome novamente, pensando nele e gritando por mim. Com a voz ardente e rouca no quarto às escuras, sentindo o efeito que tinha em mim, aquela voz, um gemido apaixonado que também a afetava. Nós dois gritamos, alto e demoradamente, e depois ficamos em silêncio e acabou.

7

Numa noite naquele outono ela chegou em casa depois de ter saído para cavalgar, o que deixou nosso caçula muito impressionado. Ela calçava botas de equitação e vestia calças apertadas, próprias para montaria. Ele nunca a tinha visto assim antes, e ela lhe explicou que havia pedido emprestado o uniforme. Conhecera um homem que possuía um cavalo e a ensinaria a montar. Também lhe emprestara o uniforme. Ela cheirava mal, o menino teve uma reação alérgica que lhe resultou numa comichão nos olhos. Ela pendurou as roupas no corredor, foi tomar uma ducha e ressurgiu a mesma de sempre, vestindo um roupão, com os cabelos ainda molhados.

Mas à noite ele acordou e se lembrou que a mãe agora tinha um cavalo. Aquilo passou a assombrá-lo desde sempre: ela não poderia viver sem aquele cavalo. Claro que tinha vivido sem ele até agora, e se saíra muito bem. Mas agora que sabia da existência do cavalo, como seria? Era um potro marrom, do tamanho de um cachorro, que mal lhe chegava à altura dos joelhos. À noite ela saía de casa para fazer companhia ao bichinho. Ele a visitava sempre que estava sozinha, não gostava de outras pessoas. Não gostava da família dela.

Quer dizer, gostava dele e do irmão, talvez até do pai, mas era a ela quem o cavalo preferia. Ficava esperando por ela no final da rua, onde começava a floresta. Às vezes, aparecia caminhando a seu lado, sem dizer nada. Eram só ela e ele. Tinha a cara e a crina escuras, mas de resto era castanho como um tronco velho, como a terra fresca remexida sob o sol, como os cabelos da garota que um dia a mãe foi quando criança. Viu fotos dela, de franja e cabelos compridos e castanhos. E o cavalo tinha a mesma cabeleira escura e espessa pendendo sobre os olhos. Os dois eram parecidos. Os olhos grandes e castanhos, com cílios longos e escuros. O cavalo ficava parado apenas admirando-a. Contemplando-a com uma tranquilidade que ela jamais vira. Apenas imagine que possa existir uma tal tranquilidade. Ela enxergou a si mesma no olho negro daquele cavalo imóvel, viu ali sua vida dar uma reviravolta, e disse:

— Quero você na minha vida.

O cavalo continuou a encará-la, com um olhar escuro, inabalável e persistente. Foi ele quem disse aquilo, na verdade. Era o cavalo quem a queria na vida dele, e agora ela se via repetindo a mesma frase. Aquelas palavras a invadiram, ela sentiu o peso do corpo musculoso do cavalo contra suas coxas. Penetrando-a. Depois disso, o cavalo passou a visitá-la em casa. Sempre que estava sozinha, ele aparecia. Esgueirando-se pelo muro, esticando o pescoço apenas para contemplá-la. A cada vez era como se o cavalo sempre estivesse ali, esperando por ela. Por que não veio antes? Sacudindo a crina, abanando a cauda, roçando as cerdas hirtas na parede, caminhando em sua direção. Batendo as ferraduras e arranhando as tábuas duras dos tacos de madeira, deixando marcas para qualquer pessoa notar, embora ela não desse a mínima para elas. A única coisa em que pensava era que, finalmente, era dona de um cavalo.

O cavalo a queria montada no lombo, a queria junto de si. E crescera, não era mais o potrinho de um metro de altura, agora era um cavalão enorme que ocupava a sala inteira. A mãe precisava se esticar toda para abraçá-lo em volta do pescoço. Agora, era ela que mal lhe chegava à altura das pernas. De início, o cavalo se fez pequeno para caber em sua vida, mas agora queria seguir seu próprio rumo e levá-la embora. À medida que ela lhe dava tudo que pedia, ele aumentava de tamanho. Até ficar enorme, preencher todo o espaço de sua vida e não deixá-la enxergar nada além.

O menino se imaginou deitado sob a enorme pança do cavalo. A mãe estava montada no dorso do bicho e ele olhava para as botas dela, para o solado delas, enquanto escutava sua voz, carinhosa, doce e carregada de afeto, do jeito como sempre foi, e no entanto ela se dirigia ao cavalo. Ele prestou atenção àquela voz, ao que ela conversava com cavalo, a voz foi ficando diferente, mais sombria, ele não compreendia mais o que dizia. Sabia apenas que, quando acordasse na manhã seguinte, o cavalo estaria com ela novamente. Os rastros dos seus cascos estariam visíveis pelo chão, sulcos profundos no assoalho e nas escadas. O cavalo havia arranhado as paredes. Roído as cadeiras. Mastigado a borda da nossa cama. Passando pelo banheiro, ele percebeu uma enorme poça de urina dourada e fétida. O cavalo tinha mijado no chão. Estava com sede e tentou encontrar água, por isso as marcas na banheira. Arrancou um enorme pedaço da borda, onde deixou uma cicatriz na porcelana com a marca dos dentes. Até apanhou os cacos espalhados pelo chão e os recolocou no lugar, cuidadosamente, para que ninguém percebesse o estrago que tinha feito, cuidando de emendar os cacos e suavizar as emendas das rachaduras. Na saída de casa, o cavalo havia mordido os sapatos do pai que estavam na entrada, e me ouviu dizendo:

— O que é que está *acontecendo* aqui?

Mas o cavalo não deu a mínima. Assim como a mãe, que só queria saber do cavalo. Ela o levou para o trabalho, o escondeu sob sua escrivaninha, trouxe as mãos aos joelhos e encontrou a cabeça quente do cavalo. Acariciou as orelhas pontiagudas, tesas, sedosas e alertas. Enfiou dois dedos no focinho úmido e frio. Levou a mão à bocarra e sentiu os dentes amarelados. Deixou que ele a mordesse. Sentada, imóvel, permitiu ao cavalo fazer o que quisesse com ela. Quando voltou para casa à tardinha, trouxe novamente a mão ao rosto e a cheirou. Estava tão feliz por ter encontrado aquele cavalo, por existir um cavalo assim no mundo e pertencer a ela. E ele, nosso filho caçula, também estava feliz por isso. Ele acreditava que eu não sabia que a mãe tinha um cavalo e tinha esperança de que fosse me contar. Que me deixasse cheirar sua mão, e então dissesse *Sabe do que é esse cheiro?* E eu responderia que ela cheirava a cavalo e diria *Que bom que você tem um cavalo tão lindo, estou tão feliz por você.*

Ele imaginava um cavalo marrom de crina negra e espessa, pequeno a princípio, mas depois bastante grande. Ele era nosso caçula, adorava animais mais do que qualquer outra coisa. Morava no mesmo lar, sentava-se à mesa conosco, dormia na sua caminha estreita, corria por aquele chão. Mantinha-se próximo a nós tanto quanto podia, e tudo que dizíamos calava fundo dentro dele.

8

Na véspera de Ano-Novo, ela se levantou da cama bem antes de todos. Decidida a fazer o que havia planejado, já estava de esquis nos pés às sete da manhã. Estava tão escuro que precisava usar uma lanterna de cabeça, que tinha comprado de presente de Natal para mim e agora pegava emprestado, uma lanterna cara, superleve, com bateria recarregável. Por onde a vista alcançava a neve deixara esculpidas na paisagem formas oníricas. Seu grande receio era deparar com algum alce, pegadas frescas cruzavam as trilhas de lado a lado, pelo caminho havia um buraco enorme onde provavelmente um animal deve ter perdido o equilíbrio e afundado. Será que até os alces perdiam o equilíbrio naquela neve fofa e espessa? Menos plausível ainda seria o bicho ter deitado ali para descansar. Ela se deteve um instante e recobrou o fôlego, as trilhas estavam limpas, impecáveis, a motoniveladora devia ter passado recentemente. O termo técnico em norueguês, aliás, é máquina de preparação, que ela dizia como se fosse a coisa mais óbvia do mundo. De qualquer modo, não fazia muito tempo que a tal máquina passara por ali. Depois da máquina de preparação, somente um esquiador estivera pelo caminho, mas os rastros que deixou — ela estava convencida de que era um homem — desapareciam de repente. Sumiam no alto de uma colina como se o esquiador tivesse sido suspenso no ar. Ela tinha um pouco de medo do escuro, era mais que medo, e procurou não pensar na possibilidade de esbarrar com um alce. Subiu rápido a colina, concentrando-se na técnica e exigindo do corpo o suficiente para reagir ao esforço. Sentia-se forte. Agora era uma atleta que poderia percorrer distâncias infinitas, e já havia esquiado mais que o planejado até finalmente decidir dar meia-volta. A descida foi rápida e fácil, o dia raiou e já havia vários esquiadores pelo caminho, a maioria homens adultos esquiando sozinhos, todos com movimentos ostensivamente elegantes, especialmente quando cruzavam com ela. Numa ocasião, na subida de uma ladeira, ela percebeu que o esquiador que vinha logo atrás empertigou o corpo e acelerou o ritmo, com movimentos mais compassados, e chegou a emparelhar sem lhe dirigir o olhar, para logo em seguida ela voltar a ultrapassá-lo, triunfante.

    Não havia conhecidos por perto e nem ela queria encontrar algum. Não levou sequer o celular consigo. Não precisava estar junto de Harald cada vez que saía para se exercitar, não precisava de nada além disso, sair de casa cedo, antes de todo mundo, e esquiar o mais rápido e longe que conseguisse. Havia desligado a lanterna, que deixou pendurada no pescoço, exibindo-a para quem quisesse ver. Talvez achassem até que ela passara a noite esquiando. Duas mulheres mais velhas subiam lentamente, uma ao lado da outra, ela precisou sair da trilha para não atropelá-las. Apoiando-se firme nos bastões, deslizando com velocidade, apreciando a sensação de dominar o exercício. Era simples, agora então nada era difícil, ela tinha domínio sobre o corpo e a técnica, tinha equipamentos bons e sabia cuidar de si. Tinha domínio sobre a própria vida, era a pessoa que sempre quis ser.

Chegou em casa antes das nove horas, bateu a neve dos calçados nos degraus da escada e entrou trazendo os esquis, que deixou no corredor. Desafivelou os sapatos, tirou-os do pé e veio até a cozinha, onde eu acabara de acender a lenha da lareira. Havíamos desligado o aquecedor elétrico em favor da lareira a lenha, era mais econômico, ecológico, tinha um certo charme e era *vintage*, como ela dizia, fazendo gozação com os valores pequeno-burgueses que havíamos abraçado. Tínhamos uma certa consciência social e éramos um bocado esportivos, embora ninguém mais usasse essas expressões, dizíamos que gostávamos de nos manter atualizados, dizíamos que éramos ativos, que gostávamos de nos mexer. Ela despiu-se do traje de esqui e o pendurou para secar ao sol. A sala estava aquecida, arrumada e iluminada, os jornais estavam sobre a mesa. Eu os trouxera para dentro, ela reparou nas pegadas da porta à caixa de correio. As crianças ainda dormiam, ou pelo menos estavam deitadas na cama, ela percebeu que o sono ainda reinava em casa, até os móveis dormiam, ninguém sentado à mesa. Eu devia estar ocupado com alguma coisa no porão. E decerto a ouvi chegar. Ela deixou a água da torneira correr até ficar gelada e encheu um copo (azul, soprado à mão, comprado nas férias na Itália). Bebeu num só gole, como sempre fazia. Água fria na boca, escorrendo pela garganta e pelo peito, depositando-se no estômago. Encheu novamente o copo e o bebeu, pensando no que fazer a seguir. Quase nada, ela tinha deixado o peru marinando na véspera, iria preparar uma salada e tudo mais estaria pronto sem muito estorvo. Antes, porém, queria beber um café e ler os jornais, sentar à mesa e desfrutar da sensação de ter se exercitado. Ligou a máquina de café e se espreguiçou enquanto esperava a bebida ficar pronta. Mordiscou a cabeça do porquinho de marzipã de uma das crianças — eles nem gostavam de marzipã, afinal. Pensou em retomar a ioga. Pegou a xícara, porcelana branca, simples, sentou-se à mesa e folheou um jornal. Não havia muito para ler, ou ela não conseguia se concentrar no que estava escrito. Queria me dizer a distância que tinha percorrido, contar das pegadas de alce que tinha visto. Abriu o notebook e leu as notícias na internet. Um incêndio, um acidente com um ônibus, um artigo sobre as desculpas mais esfarrapadas do ano. Não abriu o programa de e-mail nem conferiu as mensagens no celular. Queria apenas sossegar. Uma porta se abriu, ela supôs que fosse um dos meninos indo ao banheiro, mas logo em seguida escutou passos pela escada, era eu chegando. Ela aprumou-se na cadeira, puxou o notebook para perto. Deixou que a visse naquela posição antes de erguer a cabeça e dizer olá.

    Estava com um semblante revigorado e o rosto corado, ela percebeu, mal continha a sensação prazerosa de ter estado fora e sentir-se plena consigo mesma. Espreguiçou-se antes que eu me aproximasse, e então sentiu minhas mãos em seus ombros, na nuca, descendo pelas costas. Pus as mãos em concha sobre seus seios. Minhas mãos desceram até a cintura, senti sua pele sob o suéter, ela estava gelada, segurei em seus quadris do jeito que ela sabia que gostava de fazer. Remetia a sexo, portanto, era um sinal. Inclinei-me sobre ela e a beijei no pescoço, na bochecha, no pescoço novamente e na nuca. Ela virou o rosto para mim e nos beijamos na boca. Nossos lábios estavam secos e então abrimos as bocas e esfregamos as línguas, deixamos nossas bocas quentes e úmidas. Intumescidos, querendo ser tocados. Ela achou que teríamos tempo de ir para a cama antes que as crianças se levantassem. Eu estava de pijama, ela correu a mão pela minha coxa, percebendo que estava pensando na mesma coisa. Pôs a mão sobre a minha virilha, sobre as calças do pijama. Contou como foi bom o passeio de esqui, disse que não cruzou com ninguém até o sol despontar no horizonte. Contou das pegadas dos alces, do buraco que um animal deixou ao se deitar, e dos rastros de um esquiador que misteriosamente desapareceram. Contou dos outros esquiadores, aqueles que surgiram com o clarão do dia, quase todos homens.

— É tão típico. As mulheres estão em casa preparando a comida.

— Sim, exatamente, tenho sorte de não viver essa vida.

— Você acha que tem sorte?

Ela acariciou minhas costas e disse:

— Sim, sorte demais.

E eu concordei, fizemos uma pausa, ela riu fingindo-se indignada, e deixei claro que quis dizer que eu também me sentia afortunado. Agora éramos nós dois rindo, e ela disse:

— Tudo bem com você?

Quis perguntar se eu havia terminado meu texto, mas não completou a frase. Sabia que não gostava que me perguntasse se havia lido ou escrito, ou o que havia feito e planejava fazer. Era melhor não perguntar, caso eu não tivesse feito nada. Eu não gostava de falar sobre o que estava fazendo, agora ela sabia, eu perdia o ânimo dia sim, dia não, hora sim, hora não, e além disso não tinha vontade de falar sobre livros infantis nem sobre os artigos de divulgação científica. Também sabia que eu poderia estar a fim de falar de qualquer coisa, de repente até sentia vontade de falar sobre o que escrevia, ela só nunca sabia quando. Por isso perguntou apenas se estava tudo bem comigo, e respondi:

— Terminei a Simone de Beauvoir, não sei por que só fui ler aquele livro agora.

— Você nunca tinha lido nada dela?

— Na verdade, sim, mas larguei o livro antes de terminar, nunca deveria ter feito isso. É um texto tão livre, tão verdadeiro, ela escreve sobre paixão, sobre afeto, abertamente, pelo menos deixa essa impressão. Embora seja fácil perceber que esteja falando com Sartre, que está se dirigindo a ele e ao relacionamento entre os dois. Ela escreve cartas para ele dos Estados Unidos, onde foi visitar o Nelson Algren, não é?, os dois tinham um relacionamento, você certamente deve saber.

— Não lembro quem era esse Nelson Algren.

— Era um escritor. Não devia ser fácil esse relacionamento, imagino. Mas de repente fica fácil, e descreve como os dois fizeram sexo, de manhãzinha cedo, em Chicago, acho. Acho que nunca cabana onde estavam hospedados. E sabe o que mais? Ela escreve para Sartre contando sobre como transa com outro homem com quem tem um relacionamento, sobre como a relação com Algren de repente se torna carinhosa e próxima, depois de ter achado que isso seria impossível.

— Eles viviam assim?

— Sim, mas em várias outras cartas que os dois trocaram fica evidente que havia ciúmes. Não deveriam ser ciumentos, os dois, mas acabaram sentindo ciúmes mesmo assim. Quando um dos parceiros se apaixona por alguém, o outro precisa se apaixonar também. Eles tentam competir um com o outro. Mas neste caso, não. Ela estava tão profundamente apaixonada por Algren, eu suponho, e esse sentimento transborda quando resolve escrever, que dá a impressão de ser fácil. Como se fosse algo inevitável e, portanto, estivesse tudo bem.

— E como ele reagiu?

— Quem?

— Sartre?

— Não sei. Não tenho as cartas dele desse período.

— Vamos pra cama?

— Já passa das nove, é bom sermos rápidos.

— Será que eles já acordaram?

— Não sei.

Fomos para o quarto e fechamos a porta com o máximo de cuidado para não fazer barulho. Nossos filhos já estavam bem crescidos, agora éramos todos adultos ali. Já não importava mais quantas vezes fizemos sexo, queríamos apenas continuar fazendo. Mais interessante era contar quantas vezes havíamos feito sexo com outras pessoas antes de sermos apenas nós dois. Antes éramos inexperientes e desajeitados, cada um a seu modo. Antes, nos escondíamos dos nossos pais para nos despirmos com nossos namorados, agora nos escondíamos dos nossos filhos para podermos ficar nus juntos. Ela tirou o suéter e o short enquanto eu a observava, deitou-se na cama e esperou que eu lhe tirasse a calcinha. Não gostava de dizer calcinha, então eu raramente usava essa palavra. Seja como for, vestia um calção de seda, que puxei lentamente pelas suas pernas, como se estudasse aquele gesto, e disse:

— Que linda você fica com essas marquinhas na pele.

Percorri com a ponta dos dedos a pele marcada, macia e branca como a neve, ainda um pouco fria depois de ter estado tanto tempo lá fora. Gostava tanto de ver sua pele mais pálida no inverno, ela sabia, deixava mais aparente seu corpo torneado, que agora exibia uma vermelhidão acompanhando a linha do cós nos quadris e sulcos profundos das costuras nas costas.

— É um pouco apertada para uma roupa de baixo.

— É bonita. Parece uma segunda pele.

— Segunda pele, é?

— Você podia se vestir assim sempre.

— Você bem que ia gostar... Que todos pudessem me ver nua.

— Ah, eu gostaria.

— Só você que me acha bonita assim.

— Ah, não. Você não perde por esperar.

— Não perco por esperar o quê?

Conversas íntimas. Diálogos sem sentido, infantis e sedutores, entre duas pessoas que se conhecem bem. Tínhamos ao menos razões para achar que nos conhecíamos muito bem, vivíamos na crença de que conhecíamos o outro melhor do que qualquer pessoa, construímos nosso amor adulto à sombra dessa crença, e em suposições e troca de olhares longe dos olhos das crianças. O que dizíamos um para o outro era algo que havíamos dito antes, incontáveis vezes, palavras que se adequavam exatamente ao que as mãos faziam. Ela tirou minha camiseta, me acariciou as costas, me puxou para perto. Me escutou dizer algo sobre ela, sobre suas mãos, quadris ou sobre como me abraçava. Enfiou a mão no pijama e me apalpou, fechou os dedos no meu pênis e puxou o prepúcio para trás. Parecia um tecido fino, plissado, apertado, enrugado, retesado, um pano esgarçado que fora usado tantas vezes que ficou macio e frágil, e poderia se rasgar facilmente ao toque dos dedos. Me deitei sobre ela, me apoiei com os braços esticados, coloquei meu rosto sobre o seu e a olhei fundo nos olhos, fiz com que olhasse nos meus — era algo que fazia com todas, as fazia olhar nos meus olhos, precisava disso, como precisava me deitar com todas, ela achava. Ela gostava de achar eu não fazia ideia de que ela pensava assim. Ela se abriu com dois dedos, guiou o pênis até a abertura, os lábios estavam úmidos e protuberantes, mas não tão úmidos no interior. Um pouco apertado, ela me sentiu puxar o pênis para fora e enfiá-lo novamente. Fiz isso várias vezes, devagar, testando, explorando, com o semblante sério. Os pequenos lábios estavam no meio do caminho, mas logo se lubrificaram, ela sentiu que se abriram. Mas então enfiei rápido demais e ela sentiu doer, certamente também senti, ela achou, ou não sentiu dor, apenas que saí novamente. Recuei um pouco, fiz movimentos mais curtos e pronto, logo depois lá estávamos nós, entregues, abraçados, à vontade um no outro. Mantendo o medo e o tédio ao longe. Ela ergueu os quadris, me queria todo dentro, até o fundo, gostava de pensar desse jeito, como se fosse um princípio fundamental, se podemos chamar assim; até o fundo. Sem dor, nem para ela e, obviamente, nem para mim. Ela não falava mais, deixava o ar escapar da boca com um gemido a cada vez que eu a estocava, pronunciando uma espécie de ah, um a aberto seguido de um sopro de ar, de novo e de novo e de novo o mesmo a — *ah! ah! ah! ah!* — e aquilo provocava algo em mim, ela sabia, e tinha um efeito nela também. Eram ruídos de prazer, angústia e desejo, mas então ela pensou nas crianças e olhou para mim, dessa vez foi ela quem se assustou e eu quem disse:

— Não ouvi nada, a porta está fechada.

— Talvez fosse melhor passar a chave.

— Podemos, mas não quero sair de você agora, não quero sair de você de novo, nunca mais, então vamos ter que ir até a porta juntos.

E ela fechou os olhos, ou não tinha ideia do que estava fazendo, não pensou nisso, perdeu-se de vista, perdeu-se de si mesma enquanto eu me movimentava dentro dela, nela. Colocou as mãos nas minhas costas e sentiu que eu a empurrava para a cabeceira da cama. Me firmei numa só mão e segurei o quadril dela com a outra, ela gostava, nós dois gostávamos, eu costumava segurá-la assim, em volta da cintura. Ela começou a gemer novamente, e então percebeu o ruído da maçaneta puxada com força para baixo, eu também ouvi e rolei para o lado dela, contrariado, boquiaberto, uma cena cômica que a fez rir alto. Nosso filho caçula estava no vão da porta e disse:

— Vocês ainda não acordaram?

Fingi estar ainda despertando, com o braço sobre o rosto, dizendo:

— E você já acordou? Já vamos levantar. Você não quer ver um pouco de TV?

E felizmente ele queria. Ele deixou a porta aberta, mas já tínhamos feito assim várias vezes antes, em silêncio, devagar, sem que os meninos

nos ouvissem, mesmo se estivessem no quarto ao lado. Ela se virou de lado, empurrou o corpo na minha direção e agarrou o travesseiro, gostava de segurá-lo diante do rosto. Queria ser possuída, achava que queria, não, não achava nada, mas era isso que queria agora, ser possuída, ser usada, tinha vontade de gritar, mas não podia, nem mesmo com o travesseiro na boca. Verbalizar o desejo costumava aumentar esse desejo, mas *não poder expressá-lo* também tinha esse mesmo efeito, por mais estranho que parecesse. Ela respirou ofegante no travesseiro, sentiu o cheiro das roupas que haviam secado lá fora, o tecido umedecido pela sua respiração, quente e acelerada, como quando nos beijávamos demoradamente e ela inspirava o ar quente da minha boca.

E então nosso filho caçula chamou por mim, em alto e bom som. Ele estava confiante, tinha confiança em nós, sabia que estávamos sempre prontos a ajudá-lo, e gritou:

— Papai, me ajuda a ligar a TV?

E quando ela percebeu que eu não tinha condições de responder, gritou de volta, um pouco alto demais:

— O papai já vem!

E era verdade, nós dois ouvimos, mas não rimos, não imediatamente, ela apenas resmungou, e eu fiz um muxoxo de decepção, tentando não perder a concentração, mas não consegui, não foi possível. Percebemos que ele se aproximava, estava vindo para o quarto novamente, queria ter a certeza de que eu não tinha esquecido de ajudá-

-lo, queria estar próximo de nós, mamãe e papai. Estava em busca de carinho, precisava das nossas vozes, dos nossos corpos, precisava saber que estávamos a seu lado, que prestávamos atenção nele, e disse:

— Vocês estão rindo de quê?

Pois também queria rir conosco, naturalmente, e veio subir na cama, eu fiz menção de me levantar e disse que já iria ajudá-lo; as calças do meu pijama estavam arriadas nos joelhos quando o peguei nos braços, encurvado para não deixar a ereção aparente, mesmo assim era fácil perceber, então cobri a virilha com o antebraço e disse:

— Estou indo ajudar você a ligar a TV.

A meio caminho da porta me virei para ela, trocamos um sorriso, ainda sem fôlego, com manchas vermelhas pelo corpo e vexados. Ela deitou-se na cama e enfiou a mão sob o edredom, me deixando claro que estava colocando a mão sob o edredom, que ainda tínhamos uma chance, dizendo em voz alta:

— Estou indo tomar um banho, você vem depois?

E respondi que sim, conspiratoriamente, num tom carregado de excitação, eu tinha um fraco por tudo que ela inventava, e fechei a porta do quarto silenciosamente ao passar. Ela sabia muito bem por que eu tinha fechado a porta, e continuou tentando, mas não conseguiu, não agora.

Não havia problema, o desejo ainda estava visível e ardente nela, isso a protegia, a mantinha desperta, assim como levantar-se cedo pela manhã para esquiar a deixava alerta ao longo de várias horas, assim como ler jornais e tomar café depois a mantinham acordada, como fazer ioga, flexões e abdominais e se equilibrar de pé sobre uma prancha por um ou dois minutos também eram coisas que a deixavam desperta e aliviavam o fardo da existência, o tornavam suportável. Manter o bom humor, entristecer de vez em quando, descobrir algo para se alegrar novamente, viver bem, viver ainda melhor, conservar-se estável nesse patamar para depois afundar um pouco novamente. A qualquer momento ela podia submergir, mas sabia muito bem o que era preciso para voltar à superfície, lá estava ela novamente, com a consciência exata do que era preciso para estar ali. Agora, ela tinha se levantado e entrado no banho.

Já tinha conseguido lavar o cabelo quando entrei e tranquei a porta, tirei as calças do pijama e entrei no chuveiro com ela. Nos abraçamos, nos beijamos sob o jato da ducha. Ela segurou meu pênis, estava flácido, murcho, mas começou a crescer, então ela se virou de costas e se apoiou com a mão espalmada e o rosto contra os azulejos, como se alguém a tivesse impelido com força contra a parede. Empurrou o traseiro na minha direção e abriu as pernas, sentiu que eu me mexia mas não encontrava o lugar certo para penetrá-la, primeiro com os dedos e depois com o pau. Me enfiei dentro dela, ela reparou que o jato d'água me acertou os olhos e virou a ducha na direção da parede. Ainda não estava tão duro, ela sentiu, e comecei a falar, para que endurecesse mais rápido, para gozar mais rápido, antes que alguém nos interrompesse de novo. Perguntei se ela havia se masturbado, perguntei em quem pensava enquanto se masturbou, e ela respondeu *Você já devia saber muito bem*, funcionou, ela me sentiu mais largo, maior, abrindo caminho dentro dela, lubrificada, ela também sentia, e eu disse:

— Imagine que alguém venha te visitar. Imagine ele deitado na cama com você enquanto eu estaria na cozinha cuidando dos meninos.

— Quer dizer que eu estaria com outra pessoa deitada em cima de mim? Olhe só...

Ela percebeu que fiz um som, profundo e sôfrego, e se deixou ser pressionada contra a parede, mas escutou outra coisa também, a campainha da porta. Era inacreditável, alguém estava lá fora, de manhã, na véspera do Ano-Novo, e logo depois escutamos as vozes no corredor. Nosso caçula veio até a porta do banheiro dizer que Una Birgitte estava ali, a nossa vizinha do lado, Timmy olhou para mim abanando a cabeça, não havia o que fazer, e escutamos nosso filho mais novo, branquinho e de olhos arregalados, perguntando:

— Por que vocês trancaram a porta?

E ela então sentiu meu pau, resignado e intumescido, deslizar para fora e produzir um ruído engraçado. Um pênis tão desapontado que ninguém seria capaz de acreditar que servisse para alguma coisa, ela talvez pudesse dizer, embora não soasse nada engraçado agora, então achou melhor ficar calada. Ela me fez um carinho no rosto e disse *Fique aqui*, depois disse *Vamos dar um jeito, botamos eles para assistir um filme e voltamos pra cama mais tarde.* Ela tocou o pênis levemente, talvez para sugerir que eu me masturbasse um pouco mais, ele reagiu ao toque de seus dedos, ela percebeu, e então se enxugou mal e apressadamente com a toalha, vestiu o roupão e saiu para falar com Una Birgitte, que tinha vindo pedir algo emprestado, ou nos convidar para um café.

Minha filha também deveria estar ali, naquele ano ela havia passado o Natal com a mãe e ficaria conosco o Ano-Novo, mas preferiu ir a uma festa com amigos. Eu sentia saudades da minha filha, como sempre. Mas concordamos que estaria bem assim, era melhor estar na companhia de jovens da sua idade do que passar o Réveillon conosco. Timmy estava acostumada a me dizer essas coisas, me mostrar o lado bom das situações. No começo, quando começamos a ficar juntos, precisei muito disso. Não apenas me separei de outra para ficar com ela, mas também me distanciei da minha filha.

Quando Una Birgitte se foi, Timmy me encontrou no quarto do nosso filho mais velho. Ele estava me mostrando um jogo, meio a contragosto, porque preferia jogar em paz. Era típico da minha parte procurar estar próximo de um deles quando alguém vinha nos visitar. Especialmente agora, quando queria muito que todos eles estivessem em casa. Eu estava de pijamas e camiseta novamente, era o homem que ela conhecia melhor do que ninguém. Era assim que ela costumava pensar em mim, e agora parecia tão fácil retornar ao que era seguro novamente, voltar a uma intimidade que era só nossa. Ela assobiou para mim, viu que meu rosto se iluminou, a expressão no meu semblante suavizou-se. Era simples, era tão fácil ela me fazer feliz, e ela gostava de ver que funcionava.

— Não pode vir aqui comigo? — disse ela.

Me levantei e a acompanhei. Ela pôs a mão no meu rosto, sentiu que eu a toquei nas costas, afastou-se um pouco quando quis beijá-la, apenas para ver como era fácil me fazer sentir seguro, simples, masculino e feliz.

Costumava dizer que fazia parte de seu trabalho, desde quando trabalhava como clínica geral, retrabalhar experiências para que ficassem mais fáceis de suportar. Muitos pacientes precisaram reformular a compreensão que tinham de si mesmos, aprender a conviver com doenças crônicas, por exemplo. E ela também tirava proveito disso, era seu jeito de se manter funcionando, quase tudo podia ser recalibrado para parecer bom. E agora, passado tanto tempo desde que fora esquiar, ela precisava deitar-se nua comigo, nós dois precisávamos. Pus um filme que nossos dois filhos pudessem ver, escolhi *O fantástico senhor Raposo*, de Wes Anderson, eu mesmo queria vê-lo também, mas agora o que mais queria era deitar na cama com ela. Quando o filme começou, fomos para o quarto e ela trancou a porta com o máximo cuidado.

Tiramos a roupa apressadamente, um ao lado do outro, como se fôssemos pular numa piscina, e nos deitamos sob o edredom, não como crianças que fossem se esconder, mas como amantes adultos que sabiam bem o que queriam. Colocamos nossas mãos onde queríamos, onde haviam estado antes. Ela se esticou de costas para mim, eu me deitei atrás, ela levantou a coxa sobre mim de modo a permitir entrar nela enquanto se tocava. Com uma mão manteve a parte superior do seu sexo aberta, firme e lisa, e com a outra se masturbou com dois dedos. Penetrei-a bem devagar, meu pau se acomodou num ponto que ela reconhecia de antes, bem ali era uma delícia, bem ali ela gozou, ou quase gozou, sem precisar se tocar. Ela inchou em volta de mim, nossas carnes se intumesceram, aumentando de tamanho, juntas, não sabíamos mais diferenciar quem era quem, exceto por ela ser quem estava deitada de olhos fechados enquanto eu me mexia em movimentos ritmados cochichando amorosamente em seu ouvido.

    Disse que ela tinha recebido a visita de um homem que a desejava, que se trancou no quarto junto com ele enquanto eu cuidaria das crianças, para que não precisassem se preocupar com nada. Descrevi como ele era, alto, magro, de movimentos fluidos, e o que gostaria de fazer com ela. Eu ficaria cuidando das crianças, não deixaria que abrissem a porta, e ficaria lá fora escutando os sons que ela faria, se conseguisse ouvi-los. Ela gostou de me ouvir dizer aquilo, mexeu a cabeça de um lado a outro do travesseiro, eu também gostei, mas não era o bastante, não para mim. Disse que preferia mesmo estar junto com ela e vê-la sendo tocada por ele, queria ver o pau dele, era o mesmo termo que ela usava, disse que queria vê-lo crescer e ficar duro, embebido no sexo dela, queria vê-lo entrando e saindo dela. Foi o que eu disse, ela não abriu os olhos, mas sabia que eu estava olhando para o meu próprio pênis, pensando que pertencia a um outro, enquanto eu o estocava e tirava de dentro dela. Ela fez um som, não, não fez, ele brotou sozinho, um uivo baixo. Suas coxas tremeram, ela sentiu, era delicioso. Perguntei se alguma vez poderia ver isso, vê-la fazendo com um outro homem. Empurrei-a na cama porque passei a movimentar com mais força, ela abriu os olhos para ver meu rosto mais perto do que tinha imaginado, eu a admirava de perto, queria ver a expressão de prazer em seus lábios, pálpebras, abanando a cabeça como se algo estivesse errado, mas não havia nada de errado, e ela disse *Sim, você pode*, e logo em seguida disse num crescendo *Sim, sim, sim* e então cobriu o rosto com o travesseiro e gritou. Logo depois percebeu que também gozei, bem baixinho, uma espécie de gemido sufocado, então de repente ficamos imóveis, os dois, em silêncio, para descobrir se os meninos tinham ouvido algo. Mas não, disso tínhamos certeza, nós dois.

 Nós nos levantamos e nos vestimos, preparamos o almoço, o filme já estava para terminar, e o desfecho de *O fantástico senhor Raposo* se provou uma decepção diante do começo promissor, mas nossos filhos estavam sentados juntinhos, boquiabertos, nem pareciam notar que não estávamos ali na sala com eles. Ela havia colocado o peru no forno havia bastante tempo e não demoraria a ficar pronto, foram ao todo três horas de cozimento. Agora, estava preparando o molho enquanto eu cozinhava as batatas e a couve-de-bruxelas e punha a mesa, e me desculpava por ter deixado com ela a responsabilidade maior pela refeição, era tão típico, me sentia como um homem qualquer casado com uma mulher qualquer, e não era assim que queria que as coisas fossem, que tudo girasse à minha volta, eu disse, tudo se apequenava e era tão ordinário, e então ela disse:

— Você está esquecendo de uma coisa.

— De quê?

— De que é você o responsável por cozinhar quase todos os dias.

E então fiquei feliz novamente, exatamente como ela havia previsto. Então ela me contou que Una Birgitte tinha nos convidado para ir à casa deles mais tarde. Mas não fiquei nada feliz com isso, e disse:

— Mais tarde, em plena véspera do Ano-Novo?

— Sim, mas estamos só nós em casa. E eles também. Pensaram em deixar as crianças no porão assistindo a algum filme, e vão servir queijos e vinhos para nós. Achei uma boa ideia. Uma coisa informal, sabe?

Quando disse sim ao convite de Una Birgitte, ela sabia que eu não iria gostar, achou que teria sido melhor combinar comigo antes. Mas não quis dizer que não. Não tinha uma boa desculpa para recusar, ela ponderou, e além disso a ideia lhe agradava. Ela gostava desse tipo de movimento. Os efeitos do esqui da manhã haviam cessado, ela não estava mais tão descontraída e relaxada como no início do dia. E quando Una Birgitte veio tomar um café em casa nós ainda não tínhamos conseguido fazer sexo. Agora, depois do orgasmo, ela ficaria sossegada por mais uma ou duas horas e depois precisaria inventar algo para fazer novamente, ela sabia que era assim. Portanto, viria a calhar estarmos juntos com Una Birgitte e Paul Edvin para beber umas taças de vinho e conversar. Ela gostava de falar com pessoas, era uma oportunidade de se distanciar um pouco de si mesma. Exatamente pelo mesmo motivo era eu quem *não* gostava de festinhas e de companhia, costumava dizer que me faziam perder de mim. Sempre fui meio estranho, ela achava, mas nos primeiros anos até preferia assim. Aprendeu com isso, havia parado de dizer sim a tudo que lhe surgia pela frente, aprendera a prestar mais atenção às próprias necessidades. Mas, ultimamente, a relação comigo foi ficando cada vez mais difícil, pelo visto. Além disso, ela havia aprendido a dizer não também às minhas demandas. Sabia que eu preferia ficar em casa com os meninos, e com ela, mas aceitou imediatamente o convite, sem me consultar.

E agora já eram cinco horas, estávamos sentados ceando, a exemplo de várias famílias no país, e ela percebeu em mim os indícios de uma certa má vontade. De recheio ela havia feito um refogado de cogumelos, cebola, alho, manjericão e sal com creme de leite. O peru ficou assando por três horas e meia, eu havia fervido as batatas e preparado um molho com o caldo dos miúdos. A receita da salada ela só foi descobrir na véspera, com queijo azul e cebola roxa, uma preparação um pouco carregada para acompanhar aquele prato, que não agradou muito aos meninos, mas ela fatiou o peito do peru e os serviu. Para nós era fundamental que ela cortasse o peru, se eu tivesse me incumbido disso teríamos a sensação de ser uma típica família da década de 1950 — foi assim que respondemos quando nosso mais velho perguntou por que fazíamos daquela maneira. Ela se sentia leve, triunfante. O peru estava no ponto, branquinho e bem temperado, mas um pouco difícil de cortar, ou talvez a faca precisasse estar mais afiada, ela reclamou de si mesma por não tê-la afiado antes. Brindamos juntos com as crianças. Ela esticou o pé e me acariciou a perna com ele, esperando que eu sorrisse, mas não. Fizemos um sexo maravilhoso (enfim, depois de muitos adiamentos), e mesmo assim as repercussões do orgasmo em mim já estavam se dissipando, aparentemente. Ela foi buscar um pouco de molho quente no fogão, e ao retornar passou por trás de mim. Pôs a molheira na minha frente, esticou a mão e me fez um carinho na cabeça. Olhei para ela. Meus olhos estavam baços, a boca estreita, ela achou que eu fosse desatar a chorar.

— Está chateado com alguma coisa?

— Não.

Mas devo ter aparentado tristeza, ou irritação, como se estivesse a ponto de chorar. Jamais admitia que estava irritado, era muita pequenez, irritar-se era algo que deveria ser erradicado das emoções humanas, eu disse certa vez, mas ela sabia desde sempre que eu poderia ficar irritado, a ponto de perder a paciência e precisar me recolher no quarto. Aquela história provavelmente não teria um final feliz, a menos que ela conseguisse mudar o rumo das coisas. Ela colocou a mão sob a minha camisa, apertou meu peito na altura do coração. Sentiu que batia, forte e acelerado, e inclinou-se para sussurrar na minha orelha:

— Você me fez gozar tão gostoso.

Levantei o rosto e olhei para ela, que apoiou a mão na minha coxa, segurou meu queixo e me beijou. Normalmente, eu abria a boca primeiro, mas dessa vez foi ela quem enfiou a língua na minha boca e me beijou demoradamente. O beijo produziu alguns estalos, e nosso filho mais velho fez um muxoxo, resmungou alto, meio sem graça diante daquela súbita demonstração de afeto, e ela cobriu meu rosto com a mão, como para me proteger do olhar dele, e disse:

— Silêncio. Estou só dando um beijo no seu pai.

Ele fez outro muxoxo, uma espécie de grunhido agora, soou até engraçado. Mas não era para ser engraçado, ele só queria expressar repulsa, não suportava olhar para nós. Sem tirar a mão do meu rosto, ela me deu outro beijo, mordiscou meu lábio superior e me encarou nos olhos.

— Ficamos lá até a hora dos fogos e depois voltamos para casa e vamos dormir, o.k.?

— Não quero soltar foguetes com o Paul Edvin. Ele e eu vamos soltar fogos enquanto você e Una Birgitte servem café com bolo, é isso?

Fiquei chateado, ela percebeu. Paul Edvin me causava uma certa irritação. Ele era professor do ensino médio, dava aulas de norueguês e tinha um interesse acima da média em literatura, música e cinema. Além disso, era uma pessoa que gostava de ficar em casa quando não estava no trabalho — nas reuniões sociais era tímido e parecia inadequado, assim como eu, e logo depois que os conhecemos julguei que ele poderia ser o melhor amigo que nunca tive. Mas algo deu errado, não encontramos muitos pontos em comum, nossas conversas não avançavam além da cortesia e do convencional. Timmy havia sugerido que até essas conversas eram importantes para mim, mas eu me sentia travado por nunca poder ser espontâneo e desimpedido com ele. Uma vez que Una Birgitte acreditava cegamente na segregação entre os sexos e sempre abafava a voz e se voltava para Timmy quando queria dizer algo sincero ou delicado, Paul Edvin e eu ficávamos conversando sozinhos. Assim, acabávamos reproduzindo a relação masculina estereotipada de sempre — frases curtas, limitadas a trivialidades. De modo que não me sentia à vontade, era evidente que não, e não demorava muito para querer voltar para casa.

Timmy me fez um carinho na nuca, cujos cabelos recém-aparados lembravam veludo ou pelo de lontra, repelente a água; era ela quem costumava cortar meus cabelos. Foi até a bancada da cozinha e pegou o celular. Ela o havia deixado no peitoril da janela com a tela para baixo, havia também diminuído o volume, para que não fizesse barulho algum. Passara a tarde inteira longe do aparelho, de modo que tinha a certeza de que haveria alguma mensagem ali. Quem sabe ele já tivesse enviado até mais de uma. Ela até pensou que talvez nem quisesse receber mensagem de

Harald agora, algo que a deixaria em paz para ficar comigo e com as crianças. O que quer que houvesse entre eles provavelmente desapareceria com o tempo, ela achava, mas nesse instante tudo que sentia era um peso no peito, uma saudade incômoda. Chegou a suspeitar que ele sentisse a mesma coisa, talvez estivesse determinado a encontrar paz de espírito no que lhe era seguro e estável, seu casamento e sua família. Deve ser por isso que não havia escrito para ela, e de repente não parecia razoável, tão errado, quase um malfeito. Ela escreveu uma mensagem curta — começando com um simpático *Olá!* — mas terminando com algo mais contido, contando que fora esquiar e havia procurado por ele. Largou o telefone de lado e voltou para mesa. Quando passou por mim, pôs a mão no meu pescoço, tamborilou levemente os dedos e comentou que tinha recebido uma mensagem da irmã. E, sem esperar por uma resposta, disse:

— Deixe que eu solto os fogos com o Paul Edvin. Pode voltar para casa se ficar entediado. É possível que pelo menos um dos seus filhos também queira voltar para casa com você, sabe.

Fiquei contente do jeito como ela esperava que eu ficasse. Fiz um meneio de cabeça na direção do nosso caçula, o filho que achávamos que se parecia mais comigo, e disse:

— Acho que você está coberta de razão.

Ele olhou em volta. Estava sentado sem pensar em nada, mastigando um pedaço de peru com batatas de boca aberta, bebendo refrigerante e deixando marcas engorduradas no copo, da boca e dos dedos. Havia derramado molho na camisa branca, uma mancha comprida que se alargava na base e lembrava o mapa da Noruega.

 Ela esticou a perna debaixo da mesa, tocou meu joelho com os dedos dos pés. Olhei para ela, meu semblante se tranquilizou, ergui a taça num brinde. Ela facilitava as coisas para mim, e assim também para si mesma. Tudo ficaria bem.

9

Era uma quinta-feira de fevereiro, em pleno inverno, e ela chegou em casa tarde: os dois tinham ido esquiar e fizeram um percurso longo. A cada vez iam mais longe que o planejado. Era simplesmente impossível dar a volta e retornar. Queriam mostrar um ao outro como eram fortes, como eram resistentes. Queriam exibir um ao outro como tudo era diferente, dinâmico e eletrizante, quando estavam juntos. Além disso, as condições da trilha estavam fantásticas. A brisa suave de fevereiro soprando, a neve úmida pela manhã que se tornava firme e áspera novamente ao anoitecer. Já escurecia, não havia outros esquiadores em volta, apenas eles dois. A lua brilhava sobre eles como o olho de um ciclope, monocromática, tingindo de um tom azulado a neve e os abetos, que mal se moviam.

O único ruído era o som dos bastões e dos esquis na neve. Eles pararam para admirar a paisagem em volta, trocaram umas breves palavras. Suas falas pareciam abafadas e íntimas, como se estivessem encobertos pelo manto branco. Já era quase noite quando decidiram voltar. Ela estava aquecida, sentia algumas cãibras, e o caminho de volta era mais longo do que parecia. Ela veio na frente descendo a colina, certa de que ele acompanhava tudo que fazia, ela percebia seu olhar e sua presença acompanhando de perto o ritmo que ela ditava. Ela enfiava os bastões na neve macia, com força e energia, firmando-se na ponta dos pés para ganhar impulso, abaixando-se para reduzir a resistência do ar em cada mínima descida. Gostava da velocidade e gostava de ser vista por ele.

Foi então que levou um tombo, inclinando-se demais numa curva, e mergulhou de cara num monte de neve. Era macio e profundo e não se machucou, foi o bastante apenas para se cobrir inteira de neve. Sentiu-se como uma criança. Será que foi assim, ela se sentindo feliz como uma criança pequena? Sim, foi exatamente assim: ela se afundou na neve e não conseguiu se levantar. Ele veio socorrê-la, agachou-se a seu lado, determinado e prestativo, esticou o braço para ajudá-la a se reerguer. E o sorriso no rosto dele, então, ficou marcado, como uma imagem congelada, que ressurgia quando ela ia se deitar na cama à noite, quando estava no trabalho. Mais tarde, aquela imagem viria assombrá-la como um som perturbador, mas disso ela nem desconfiava ainda. Ele a puxou e perguntou se estava tudo bem. Não largou sua mão, os dois continuaram de mãos dadas. Por fim ele a soltou apenas para ajudá-la a se limpar da neve. Ele havia descalçado as luvas, suas mãos eram grandes e quentes. Seus olhares se atraíam e depois se separavam, como dois planetas gravitando em torno das mesmas órbitas na indevassável escuridão do céu. Eles sorriram um para o outro, comentaram sobre os esquis. Claro que falaram sobre isso, ou não? Naturalmente, podiam falar de qualquer coisa, a questão ali não eram as palavras, mas a maneira como eram ditas.

Mas agora ela precisava se apressar para voltar para casa. E ele também, aliás. Ela tinha avisado que precisaria voltar antes que fosse tarde, o que quer que isso significasse, pelo menos antes da hora de dormir. Ele seguiu na frente no último trecho até o estacionamento. Arrumou seus esquis junto com os dela. Ela o observou esticando-se para alcançar o estojo dos esquis no teto do carro, os movimentos de seu corpo, decididos e suaves ao mesmo tempo. Foram no carro dele, como sempre, ela sentou no banco do carona e ele a trouxe para casa. Ela me enviou uma mensagem, mas não recebeu resposta. Não era um bom sinal. Esperava que eu já tivesse ido dormir, mas não apostava nisso. Eu estava esperando, zanzando pela casa, irritado e angustiado novamente.

Ela sabia. Ficava aborrecidíssimo quando ela chegava mais tarde que o combinado. Já havia acontecido antes, ela prometeu que não se repetiria, mas se repetiu mesmo assim, em uma, duas, várias ocasiões. A primeira vez que se atrasou foi quando havíamos marcado uma viagem romântica. Nenhum de nós gostava dessa expressão, e, no entanto, começamos a usá-la. Iríamos apenas passar um fim de semana numa cabana juntos. Os meninos estavam com meus sogros, e nós seguiríamos viagem na sexta-feira à tarde, logo após o expediente. Ela tinha agendado com ele uma escalada para depois do almoço — o escritório lhe dava duas horas por semana para praticar atividades físicas, e ele havia comentado que queria ensiná-la a escalar. Os dois acabaram perdendo a hora. Ela subiu oito metros na parede enquanto ele, lá embaixo, segurava a corda e o freio nas mãos. Ele a protegia, como se diz no jargão dos escaladores, e ela gostou daquela sensação. Gritava para ela onde se apoiar, com a mão esquerda, mais para o alto, conseguiu agora? Gritava para ela durante um trecho mais difícil, dizendo que estava se saindo bem, que tinha jeito para aquilo. Suas pernas eram fortes e as instruções que ele gritava lá de baixo lhe facilitavam a subida, ao menos era assim que ela se sentia. Ele a trouxe para casa em seguida. Ela recebeu uma mensagem minha em que eu dizia *Aconteceu alguma coisa ou você simplesmente não quer mais saber da gente?* Não era nada disso, ela ainda queria saber da gente, não estava sendo desleixada comigo, conosco nem com mais nada, ela me justificou mais tarde, à noite, quando finalmente chegamos à cabana, preparamos o jantar juntos e continuamos discutindo. Fiquei olhando para ela, disse *Acho melhor assim, neste caso.*

    E então eles voltaram a fazer escalada e se esqueceram de consultar o relógio novamente, e depois eles correram juntos, em várias ocasiões, e a cada vez iam mais longe que o planejado e voltavam depois do horário combinado. E então começou a temporada de esqui, e ele a convidou para esquiarem juntos. Tirou uma folga no meio da semana e perguntou se ela não queria lhe fazer companhia, seria como participar de uma reunião, ele disse. Disse aquilo com um quê de ironia na voz que ela começou a imitar, uma espécie de riso contínuo, metálico e claro, que praticamente estremecia, como quando se ouve o ressoar de uma trombeta quando se está dormindo. Ele ria de tudo, nada era perigoso, isso a ajudava a começar a parecer com ele. O que faziam juntos não era perigoso para ninguém. Gostavam um do outro, tinham interesses comuns, haviam começado a ficar bons amigos. Por isso os passeios juntos demoravam mais que o previsto.

Ela disse que não lhe agradava a ideia de ter um horário fixo para voltar para casa quando estava fora se exercitando, e me ouviu repetir, desdenhando, *horário fixo*. Perguntei se ela tinha voltado a ser adolescente, e eu havia me convertido numa espécie de pai, ou se continuávamos sendo marido e mulher. Cada vez mais ela me percebia assim, drástico, dramático. Eu ficava furioso: arregalava os olhos, deixando à mostra o branco deles. Minhas mãos tremiam de raiva. Cheguei a arremessar para longe uma caixa de leite já aberta. Ela veio me ajudar a limpar o chão depois, ficar parada olhando não parecia ser a coisa certa a fazer. Ela não entendia por que eu estava agindo daquela maneira. Não entendia por que eu tinha que perguntar se ainda éramos marido e mulher.

Eu falava como se ela tivesse sido infiel, e ela de fato não tinha. Ela me ouviu desdenhar dessas palavras — *fiel ou infiel*. O simples ato de mencioná-las parecia aquém da nossa dignidade. Disse que ela poderia muito bem dormir com ele ou com quem mais que fosse desde que não descuidasse da nossa relação. Eu não queria mais parar de usar essa expressão agora que havia começado a usá-la. Estava me sentindo desprezado, obsoleto até, ela me ouviu dizer, resumindo tudo que havia se tornado difícil para mim. Em outra ocasião deixei claro que se os dois fossem amantes ela naturalmente iria passar mais tempo com ele do que comigo. Por vezes a fio precisei expressar tudo que me apavorava, evocando uma por uma as coisas que não desejava que acontecessem. Bem ali, aos olhos dela, eu me mostrava magoado, furioso e ressentido. E, à medida que desabafava, ia tirando a louça limpa da máquina e batendo com força as portas do armário. No instante seguinte, dizia que ela precisava ser livre, fazer o que lhe desse na telha. Enquanto fosse minha companheira, poderia fazer o que quisesse com quem quisesse, eu frisei. Encarando-a com o rosto encolerizado, os olhos injetados, ensandecido. E ela queria apenas ficar em paz.

Outra vez ela voltava a chegar em casa tarde demais. Talvez tenha sido um descuido, talvez ela tenha sido relapsa conosco, mas não atenuava. Ela viu as mãos dele, as mãos do Harald, segurando o volante. Sem pelos, bronzeadas, macias. Queria contar a ele que tinha sido relapsa novamente, mas então ele virou o rosto e disse: *Sempre gostei de esquiar sozinho. Mas agora prefiro esquiar com você.*

Foi isso o que ele disse, e ela compreendeu o sentido. Até já sabia como deveria responder. E se ouviu respondendo, e ficou emocionada por ouvir. Um calor se espalhou pelo corpo. Ele dirigia, ela olhava pela janela, nem se atrevia a desviar o olhar para ele. Ele disse algo, sem olhar para ela, exatamente o que ela esperava ouvir.

Alguns dias antes lhe telefonei no trabalho, aos prantos, ela mal conseguia entender o que eu dizia. Tentou me acalmar, disse que eu devia respirar um pouco de ar fresco, talvez esquiar um pouco, e respondi que não adiantava. Já havia esquiado, pela mesma trilha onde ela costuma esquiar, junto com o Luva. Não conseguia pensar em outra coisa. Ia o mais rápido que podia, o mais longe e no ritmo mais forte que conseguia, para me exaurir. Ajudava quando eu estava exausto, eu parava de pensar. Mas assim que chegava em casa voltava a pensar nos dois.

Disse que precisávamos nos encontrar, que precisava falar com ela imediatamente. Ela cedeu, disse que podia se ausentar na hora do almoço. Parei o carro em frente ao escritório dela, fomos dar uma volta, comecei a falar e logo comecei a chorar. Parei o carro no acostamento, ela prestava atenção ao que eu dizia. Deixei muito claro que não aguentava mais, que era uma tortura, que ficava esperando o que estava por vir, ela iria dormir com ele e perderia o controle de si mesma, de tudo que poderia acontecer depois. Disse que nossa família seria destruída. O que seria de mim então, e como ficariam as crianças? Soquei as mãos no volante, me estapeei no rosto, hiperventilando, aos soluços, enrodilhando-me no banco do carro. Ela pôs as mãos em mim, isso costumava ajudar. Pediu que sentasse direito no banco do carro e respirasse fundo. Com uma voz terna, carinhosa, íntima. Aliviou um pouco. Depois de um tempo, me segurou com força pelos ombros e disse *O.k., está certo. Juro que não haverá nada entre mim e ele além de amizade. Eu prometo, fica melhor assim?*

E ficou. Foi como se ela tivesse ligado um interruptor, ela pensou depois. Parei de chorar, olhei para ela do jeito de sempre, que lhe agradava. Minha voz assumiu o tom grave de antes. Levei-a de volta para o trabalho, e quando ela estava para sair do carro pedi que esperasse um pouco.

— Foi muito bom o que você disse, era tudo de que eu precisava. Mas não quero que você me prometa nem uma coisa nem outra. Que vida seria essa, para mim e para você? Quero que você esteja viva. Quero que seja livre. Não quero que você me faça promessas eternas. De repente, fiquei com tanto medo de te perder. Fico me perguntando se sempre tive esse medo. Mas é justo esse medo que pode estragar tudo, não é? Como um personagem shakespeariano tentando desesperadamente evitar uma tragédia sem saber que são essas tentativas que levarão à tragédia. Alguém tentando salvar a si mesmo ou aos outros, e conjurando assim seus piores temores. O problema não é se você se apaixona por ele ou não, o problema é eu ter ficado apavorado com isso.

Ela me abraçou, tentando sentir o que tinha sentido antes. Pôs a mão no meu ombro, me abraçou e me soltou novamente, quase sem pensar, estava com a cabeça em outra coisa.

Por causa de mudanças no governo o projeto em que os dois trabalhariam juntos foi adiado, e, na falta de oportunidade para se encontrarem, os passeios que faziam tornaram-se cada vez mais frequentes e demorados. Ele a trouxe de carro e a deixou do lado de fora do portão. A casa parecia escura, ela não conseguia ver através das vidraças das janelas. Ela se inclinou para se despedir. Fechou a mão e os olhos, sentiu a bochecha dele roçar na sua. Sentiu o cheiro dele, frio e fresco, sabendo a velocidade, esforço físico e neve recém-caída. Mas também a algo mais: o corpo de um homem adulto, um travo de excitação que crescia por baixo das roupas. Ele a beijou de leve, um beijo seco e promissor no rosto. Disse adeus, e ela se deu conta de que ele apoiava a mão em seu joelho. Não havia percebido até então. Nesse instante, sentiu um calor intenso irradiando daquela mão por sua coxa, espalhando-se por todo o corpo, subindo até a cabeça e se prolongando até a ponta dos dedos. Ela pôs a mão sobre a mão dele por um breve instante e desceu do carro.

A porta da frente estava destrancada. Ela pôs os esquis no corredor, descalçou os sapatos tentando não fazer barulho e veio caminhando silenciosamente na direção da luz. Eu estava na cozinha, como sempre. Ela percebeu pelo silêncio em casa que os meninos já dormiam. O caçula ressonava forte e alto, e a porta do quarto do mais velho estava fechada. A luz do teto estava acesa e havia uma pilha de papéis sobre a mesa da cozinha.

Ela chamou meu nome e não obteve resposta. Folheou os papéis, eram plantas baixas da casa. O que eu estava fazendo com elas? Então ouviu meus passos pela escada em espiral vindo do porão, aquela de que tínhamos tanto orgulho quando a construímos, branca e lisa como um esqueleto. Me viu emergindo daquelas vértebras como um vulto escuro e estranho contra o fundo branco.

Nós nos entreolhamos, ela disse *Oi, acabou ficando um pouco tarde*. Ficou igualmente sem resposta, me limitei a dizer que não a havia escutado chegar. Ela teve a impressão de que eu estava feliz, talvez tenha se enganado, e veio me contar uma história que acabara de ouvir dele. Afinal, era a mim a quem ela costumava fazer confidências, também em relação a Harald. Ele lhe contou que havia recebido um telefonema de um antigo vizinho. Da antiga casa ao lado, um casal com filhos. Eles costumavam conversar por cima da sebe, chegaram até a se frequentar por um período, as crianças costumavam brincar juntas. Certa vez, a mulher do vizinho se aproximou e fez um carinho no rosto de Harald, à vista de todos. Ela acariciou seu rosto de leve, deu meia-volta e se foi. Eles haviam perdido o contato desde que Harald e a mulher se mudaram para a atual casa, mas agora o antigo vizinho, o marido, lhe telefonara para dizer que estava se separando, e o culpado da separação era ele, Harald. A mulher só pensava em Harald, disse ele, que não suportava mais. Essa era a história, e ela chegou a rir ao contá-la para mim, da mesma maneira que riu quando Harald lhe contou, mas fiquei parado olhando para ela, abanando a cabeça como se não tivesse compreendido.

— Que história mais estranha.

— Não é mesmo?

— Tem alguma coisa que não bate. Não acha? Tem algo faltando nessa história. O que foi que ele fez com ela?

— Nada, eram apenas vizinhos.

— Então o Luva é o cara por quem todas as mulheres se apaixonam? Ele simplesmente não tem nada a ver com isso?

— Não foi o que eu disse.

— Mas foi o que ele disse. Foi provavelmente isso que ele quis lhe dizer, você não acha?

— Ele apenas me contou uma história que havia acontecido.

— Mas o que você acha que ele disse a ela? Quando conversaram, os dois, a vizinha e ele, que tipo de conversa você acha que tiveram? Acha que ele falava com ela da mesma forma que fala com você?

— Não, acho que não.

— Mas imagine que ele falasse. Imagine que ele tivesse com ela um relacionamento tão próximo quanto tem com você, para em seguida simplesmente ir embora. Talvez eles tivessem transado, ou talvez ele apenas teve a confirmação que queria da parte dela, e isso foi o suficiente. Por que eles se mudaram mesmo, você sabe?

— Eles têm três filhos, precisavam de mais espaço.

— Só por isso? Tem certeza?

Ela se arrependeu de ter me dito aquilo, queria apenas me contar algo que achou curioso. Pode ser que tenha acrescentado algo mais àquela história, ela percebeu, uma espécie de orgulho por Harald ser um homem que despertava paixões entre as mulheres. Por que não haveria de compartilhar isso comigo? Era eu quem queria que compartilhasse, afinal, mas agora ela decidira que não poderia mais me falar nada sobre Harald, seria um grande erro. Ela não queria mais me ouvir falar sobre ele, em vez disso apontou para os papéis sobre a mesa e disse:

— O que você vai fazer com isso?

— São as plantas da casa.

— Estou vendo.

— Achei que vamos precisar se formos falar com um corretor.

— Um corretor?

— Um corretor de imóveis.

— Você está pensando em vender a casa?

— Acho que devemos viajar para bem longe e começar de novo. Lembra que comentamos de ir morar um ano nas Lofoten? Acho que agora devemos fazer isso. Quanto antes melhor, na verdade.

— Lofoten?

— Sim, ou mais ao norte ainda. Finnmark, Svalbard. Você vai gostar, poderá esquiar o quanto quiser. Fazer trilhas nas montanhas, escalar. Aliás, também quero começar a fazer isso.

— Mas meu trabalho é aqui.

— Você pode conseguir emprego em qualquer lugar. É médica.

— Mas eu gosto do que faço aqui.

— Eu sei.

— Eu sei que você sabe.

— Não entendo por que você começou essa carreira de burocrata.

— Você quem me incentivou

— Eu incentivo você a fazer o que quiser, só que agora quero ir embora daqui.

— Mas por quê?

— Para salvar nosso amor. Nossa vida. A família.

— As coisas não estão assim tão ruins.

— Claro que estão. Estou com medo disso.

— Mas você precisa ter tanto medo?

— Você não vai deixar de se encontrar com ele. Não vai conseguir.

— Preciso parar de me encontrar com ele? Somos apenas bons amigos.

— Você está atraída por ele. Sente desejo por ele.

— Sim, eu sei que eu já disse isso.

— E ele sente desejo por você.

— Não tenho como saber. Nem você tem.

— Ele quer ficar com você, é óbvio. E você quer ficar com ele. E eu quero que você seja livre, faça o que quiser, com quem quiser, você sabe.

— E agora de repente não é mais assim?

— Você é minha mulher. Não quero que deixe de ser.

— Não disse que quero deixar de ser.

— Não?

— Não.

— Só tenho medo que você perca o controle. Você não sabe o que está fazendo.

— Eu ganhei um amigo. Um colega. Não é aceitável, para nós dois, que eu tenha um amigo homem?

— Claro que é. Mas eu não estou te reconhecendo mais. Você não fica mais aqui comigo. Tenho medo de que tudo que temos seja destruído, você não entende?

— Eu não posso largar meu trabalho. Não posso me mudar.

— Por que não?

— Eu quero ele na minha vida.

Ela disse isso, sentiu seus olhos arderem, a epiderme arder, as mãos arderem, os pés, os dedos, os joelhos, o sexo, as orelhas. Deixou as lágrimas escorrerem, era como mijar, como vomitar. Chorou sem desviar o rosto, sem enxugar as lágrimas, sem desviar os olhos dos meus enquanto as lágrimas corriam.

Eu me levantei e fui para longe, fiquei debruçado sobre a bancada, me virei novamente para ela e disse:

— Então é assim?

E ela disse:

— Sim.

E eu disse:

— Você não quer mudar de ideia?

E ela disse:

— Não posso.

E eu disse:

— Não quer parar de se encontrar com ele? Não importa onde isso vai parar?

E ela disse:

— Não posso.

E eu disse:

— O.k., então sou eu quem tem que ceder, preciso encontrar um meio de resistir.

E ela disse:

— Precisa ser assim tão difícil?

E eu disse:

— Mas você já imaginou como isso vai acabar?
E ela disse:

— O que você quer dizer com como isso vai acabar?

E eu disse:

— O que será de nós, você e eu, e de vocês dois, você já pensou nisso? Se você gosta tanto dele, até onde isso vai? Como ficarão as coisas entre nós?

E ela disse, relutante mas sem a menor emoção, relutantemente, ela mesma percebeu:

— Não, não pensei nisso.

Essas conversas, ela não quer nem pensar nelas, por que deveria? Quer mais é levar a vida adiante, mas são histórias em que ela se vê novamente enredada, sem motivo algum. Seja no carro, seja subindo as escadas ou diante da tela do computador no trabalho, de repente meu rosto surge diante dela. A ideia do meu rosto. Ela se recorda de algo que dissemos, de eu me aproximando, elevando o tom de voz e demonstrando medo. Algo em meus olhos dizia que eu não queria me entregar. Ela procurava evitar olhar no meu rosto, tentava desviar os olhos dos meus, mas não conseguia. Eu era o marido, o homem, a pessoa com quem ela vivia. Tudo derivava daquele instante em que nos conhecemos e trocamos olhares. Sendo assim, coube a ela absorver impacto do desespero e da raiva que fui acumulando ao longo de todo aquele tempo em que estivemos distantes, até finalmente essa ira se abrandar, se exaurir e se extinguir por si só.

Ela se lembra de mim sentado na cadeira, com o rosto de lado. Esfregando as mãos no rosto, repetidas vezes, querendo arrancá-lo de mim, querendo viver sem aquele rosto antigo. Ela se lembra, consegue visualizar, escuta nossas vozes naquela sala que não existe mais. Minha voz que lhe causa ânsia e pavor, a voz de quem não quer ceder, uma voz que continua a argumentar, de maneira crua e assertiva, insistente, repetindo tudo aquilo que sempre temi e se materializou. E a voz dela, tentando se manter alheia a tudo isso, uma voz dela que foi ficando mais clara, menos ofegante e lamentosa, ela mal consegue se reconhecer no que diz. *Não, não é bem assim. Não, por que você está dizendo isso? Não, não, não sei, não.*

Ela se lembra de tudo isso, leva as mãos aos olhos, em seguida espera que tudo passe, afunde, caia no esquecimento.

Uma casa térrea, geminada a outras casas absolutamente idênticas. Uma rua muito tranquila. Paredes revestidas de madeira escura. Muros brancos que descem até o chão e janelas brancas. E uma porta vermelha, da qual ela sempre sente saudades. Gostava de voltar e passar por ela, parecia que a casa ficava no coração da floresta, como num conto de fadas. Mas a porta não era abobadada e a casa não ficava no meio da floresta. No quintal havia um pequeno pomar de árvores retorcidas. As árvores eram muito mais antigas do que as casas, originalmente faziam parte de um enorme pomar que pertencia a uma grande fazenda. O nome da fazenda se tornou o nome do bairro. A escola e o centro comercial também foram batizados assim, muito tempo depois de a fazenda ter sido desativada.

As casas geminadas foram construídas na década de 1960 e agora parecia que as árvores haviam sido plantadas bem rente às cercas: quatro arvorezinhas em seu próprio quintal. Numa das árvores do quintal que era nosso despontava um galho forte e baixo, perfeito para pendurar um balanço. O antigo morador tratou de fazer exatamente isso. Uma prancha de madeira presa a duas cordas ásperas, como alguém que realizasse um sonho de infância. Nossos filhos sentaram-se ali, esticaram as perninhas deixando à mostra seus joelhos gorduchos. E sempre que sentavam naquele balanço começavam a cantar. Primeiro um, depois o outro, durante o verão inteiro, um dos dois sentava-se naquele balanço e cantava, ano após ano, assim parecia, enquanto durou nosso sonho de família.

Agora era eu quem esperava que ela voltasse para casa e a recebia dizendo: *O que será de nós* e *como você acha que isso vai acabar?* Ela não conseguia pensar, não podia falar, queria lidar com isso sozinha, e respondeu:

— Não deveríamos simplesmente ir para a cama?

E eu disse:

— Você quer?

E ela disse:

— Sim, quero muito, estou cansada demais, exausta.

E então foi o que fizemos, tiramos a roupa e nos deitamos um ao lado do outro. Não conseguimos dormir. Ela se virou para mim e me acariciou no rosto, segurou meu pescoço. Sentiu minhas mãos nos quadris, se aproximou e começamos de novo, as vozes mansas, os murmúrios, as risadas e sussurros, ela se deitando de costas, eu me deitando por cima e ela dizendo:

— Você quer?

E eu disse:

— Sim.

E ela disse:

— Pois venha.

E eu disse:

— Sim.

E então ela me ouviu dizer:

— Meu coração não pode se fechar.

Posso ter dito isso, como num verso de uma canção pop banal, ela achava, isso dizia muito sobre como estavam as coisas entre nós, nenhuma palavra era pequena demais, e ela disse:

— Não.

E depois disse:

— Sim.

E depois disse:

— Eu te amo.

Embora ela achasse que não deveria ter dito, não agora, mas foi isso o que disse, nós dois dissemos, dissemos na boca um do outro, gritamos um para o outro, para que fosse verdade novamente, enquanto ela abraçava minhas costas e entrelaçava as mãos no meu pescoço. Arranhando minhas costas, procurando com as unhas qualquer caroço na pele. Ela me ouviu dizer algo, mas minha voz já não reverberava dentro dela. Ela sentiu a pulsação acelerar nos ouvidos, como se houvesse um pedreiro em algum lugar da casa, batendo nas paredes com uma marreta. Pouco depois deve ter adormecido. Acordou novamente com o quarto ainda escuro e comigo levantando sua perna. Ela me sentiu gozar dentro dela de novo, e então me ouviu dizer como era delicioso, como achávamos bom, como eu a queria de novo. Falei tudo isso em seu ouvido, me sentia seguro e protegido, não estava mais com medo. Ela me fazia sentir seguro, nós nos fazíamos sentir seguros. Perguntei se o passeio de esqui tinha sido bom e ela respondeu que sim. Quis que ela contasse em detalhes, e ela me falou da distância que haviam percorrido, do tempo bom que fazia, da calma que fazia lá fora. Falou do barulho dos esquis deslizando sobre a neve fresca, das trilhas, da lua, da sombra das árvores na neve azulada. Ela me ouviu perguntar quem ia primeiro, e sabia aonde eu queria chegar com a pergunta. Respondeu que de início ele seguiu na frente, e que ficou olhando para ele. Perguntei se ela o achava bonito, e ela disse sim, ele era bonito, esquiava bem, era forte e tinha um ritmo impressionante. Eu me movia dentro dela, que ouvia a própria respiração e a mim dizendo que imaginava como ele era, suas costas, seu corpo sobre o dela. Disse que sabia que isso iria acontecer, que precisava acontecer, não havia alternativa, um dia ela estaria deitada como agora, de costas na cama abraçada com ele. Ela me ouviu dizer que eu queria estar presente, que imaginava como seria, via as mãos dela segurando-o pelas costas, deitado sobre ela.

— Você só diz isso da boca para fora — ela disse.

— É verdade — eu disse. — Mas imagino como será, e sei que vai acontecer.

— Você não vai suportar.

— Sim, desde que saiba que você é minha, pode fazer o que quiser.

— Não acredito nem um pouco.

— Espere e verá, vai acontecer.

— Você acha mesmo? Você me entregaria a ele?

Et cetera, et cetera, ela não quer mais pensar nisso, porém não consegue deixar de pensar, em como estava deitada debaixo de mim no escuro fantasiando que estaria em outro lugar, em outra cama, com outro homem, com ele. E então, quando terminamos, era eu quem não queria mais falar dele, para mim era como se ele não existisse, e isso a incomodava tanto que nem ela sabia ao certo quanto. Tudo que queria era ficar deitado perto dela, abraçá-la, deitar meu rosto sobre suas costas.

Felizmente, adormeci em seguida e dormi a noite inteira sem mais despertá-la. No dia seguinte, nos levantamos, ela foi tomar um banho, eu acordei as crianças, nós tomamos café. Os meninos foram para a escola, primeiro o caçula, depois o mais velho, e a casa voltou a ficar vazia, éramos apenas ela e eu. Ela estava com medo de que eu começasse a questioná-la. Precisava ir, aprontou-se, vestiu a saia verde-escura que descia até os joelhos, a blusa que apertava um pouco nos ombros, mas se sentia bem usando mesmo assim. Sabia que eu gostava daquela blusa, mas não era por isso, não agora. Aplicou o delineador, um traço leve, tão leve que era quase imperceptível, mas lhe dava confiança. Fiquei observando-a fazer isso.

— Você vai encontrar ele hoje?

— Vou tomar um café com ele depois do trabalho.

— Você está se arrumando para ele.

— Eu me arrumo o melhor que posso. Como sempre.

— Sim, mas agora você está fazendo isso por ele.

— Isso te incomoda?

Abanei a cabeça. Meus olhos estavam baços. Ela precisava se apressar. Me empurrou de lado, saiu para pegar a mochila, o celular, tudo de que precisava. Fui atrás dela, ainda não tinha me barbeado nem tomado banho, a lateral do cabelo estava eriçada como uma escova, deixando evidente de qual lado eu havia deitado.

— Você acha que vai ficar com ele?

— Não é um cenário com o qual devêssemos nos preocupar.

— Cenário? Como assim? Não sei o que isso significa.

— Não acho que isso vá acontecer.

— Você sabe, não precisa terminar comigo mesmo que fique com ele.

— Não acho que você vai conseguir.

— Não vou conseguir o quê?

— Não ser meu número um.

— Número um?

— Sim.

— Eu cheguei a ser o número dois?

— Sim.

Fiquei olhando para ela, segurando um livro numa mão e um copo d'água na outra. A lateral do rosto estava enrubescida como se tivesse feito um *piercing* na orelha. Ela pensou: agora preciso ir, antes que essa conversa chegue longe demais, ou então vamos passar o dia aqui. Ela disse:

— Eu sinto tanto carinho por você, Jon.

Foi um erro, claro, ela não devia ter falado isso, não deveria ter se expressado daquela forma, ela percebeu imediatamente. Viu meu rosto empalidecendo e recobrando a cor em seguida. Percebeu que fiquei irritado, ou fora de mim, era como se tudo houvesse desmoronado e eu tentasse reerguer os destroços novamente, atirei o livro no chão, caminhei até a pia, derramei a água e bati com força o copo na bancada. Disse alguma coisa parecida com de nada adianta sentir pena de mim. Ela disse que precisava ir, enfatizando o *precisava*, era como se nossos compromissos profissionais não significassem mais nada para mim, como se eu sempre quisesse fazer um drama, como se tudo entre nós fosse uma questão de vida ou morte e nada mais existisse. Não que ela pudesse afirmar isso, é claro.

Ficamos parado olhando um para o outro.

Ela pegou a mochila e o cachecol.

E então aconteceu, como sempre acontecia, algo na minha expressão suavizou-se.

Eu me aproximei e lhe dei um abraço. Ele retribuiu, sentiu que eu a beijei no rosto. Um beijo um tanto úmido para seu gosto. Ela olhou para mim, eu era mais alto que ela, mas não tanto como ele, e essa diferença de tamanho a surpreendeu. Ela não precisava pensar nisso agora. Puxei-a para perto de mim e disse em seu ouvido:

— Eu sei que você me ama.

E então a deixei ir, como se a empurrasse para longe, para olhá-la nos olhos, provavelmente. E ela não conseguiu responder, não fazia ideia do que dizer. Tentou sorrir, e então me fez um meneio de cabeça, me sorriu com um aceno protocolar, era tudo que tinha a me oferecer naquele instante. E então ela foi. Fiquei segurando a porta para que ela não a fechasse ao passar, mas ela se foi o mais rápido que pôde, e não se virou para olhar para mim.

Ela pensa nisso e depois não pensa mais. Levanta-se e vai até a janela, lá fora está escuro, ela vê o próprio rosto refletido no vidro. Lembra-se de uma noite naquela que foi a nossa vida, já nos estertores, pouco antes de não mais nos reconhecermos um ao outro. Ela abriu a porta do banheiro, tinha ouvido um ruído lá dentro e me viu debruçado sobre a pia, chorando, encarando meu reflexo no espelho. Teve a impressão de que meu rosto estava se partindo, ela se lembra, lembra-se de ter parado um instante para ver as lágrimas rolarem dos meus olhos, o muco escorrer do meu nariz, de me ver soluçar, engasgar, urrar como uma criança, ela pensou, mas ao mesmo tempo eu estava ali de pé encarando meu próprio rosto. Ela se recorda, se senta e reflete um pouco sobre essa lembrança, depois se levanta, sai da sala e não se lembra de mais nada.

10

Era para ser uma conversa às claras, num escritório, ou na sala de espera de um escritório, era para sentarmos lado a lado e esperar nossa hora de entrar, não podíamos simplesmente nos levantar e ir embora, e assim finalmente poderíamos falar:

— O que aconteceu com a gente, você sabe?

— Um dia, de repente, você se afastou de mim, não queria mais me tocar, não conseguia mais conversar. Essa paixão foi como uma doença grave, que veio de repente e mudou tudo.

— Para mim foi como se, de uma hora para outra, eu tivesse me curado. E nem mesmo sabia que estava doente, gostava da vida que tinha junto com você. Achava que era feliz, se é que ainda se pode usar essa palavra. Mas depois que eu o conheci, passei a prestar mais atenção em mim e no que minha vida tinha se tornado.

— E o que estava faltando na sua vida era ele?

— Não tenho por que responder essa pergunta.

— Lembro de uma noite em que você estava diante da janela sorrindo para si mesma, e lhe perguntei do que você sorria. Eu sabia, mas precisava perguntar mesmo assim. Você disse que estava apenas pensando em algo. Não quis me dizer em quê, mas continuou sorrindo, quase em segredo. Talvez quisesse me mostrar que algo maravilhoso tinha acontecido com você. E esse algo era que você havia se libertado de mim.

— Não me lembro disso.

— Você queria me mostrar como estava apaixonada.

— Você era a pessoa mais próxima a quem eu podia contar.

— Pouco depois seu celular tocou. Você foi ao banheiro atender, ouvi sua voz, conversando com ele ali dentro, durante pouco mais de uma hora.

— Fui cruel com você.

— Sim.

— Não tinha como ser de outra forma.

— Fico feliz que você tenha dito essa palavra.

— Que palavra? *Cruel*?

— Sim, me ajuda ouvir você repetindo ela.

— Eu entendo. Mas...

— Mas...?

— Sim, mas.

— O quê? Oh, sim, você está dizendo que não é você de verdade quem está dizendo essas coisas.

— Bem, não é mesmo, você está colocando palavras na minha boca. Acha que estou aqui conversando com você. Pode me fazer dizer o que você bem quiser.

— Não o que eu bem quiser, eu até já tentei, não funcionou. Não posso fazer você dizer nada além do que acho que você diria se estivesse realmente aqui. Mas o fato de eu poder pensar nisso também ajuda. Ouvir você dizendo.

— O que você deseja então que eu diga?

— Que não consigo fazer você dizer?

— Sim.

— Talvez um pedido de desculpas.

— Não seria simples demais pedir desculpas, Jon? E por que eu deveria me desculpar?

— Por ter permitido acontecer, por exemplo. E por não se conhecer o suficiente para perceber o que estava fazendo, junto com ele, de maneira que, no final, parecia que você não tinha mais escolha.

— No final eu não tinha mais escolha.

— Exato. E eu gostaria que você pudesse se desculpar por isso, Timmy.

— Não está esquecendo nada?

— Você está se referindo à parte que me cabe em tudo que aconteceu? Você está sugerindo então que eu deveria ignorar, que deveria tolerar essa sua súbita paixão enlouquecida? Deveria ter feito isso. Estava me preparando para algo assim acontecer, você e eu nos preparamos durante vários anos, embora não percebêssemos, por isso eu deveria ter suportado e esperado tudo passar. Talvez demorasse um bom tempo, talvez um ano, talvez até vários anos para essa paixão desaparecer. Mesmo assim, eu deveria ter aguentado. Teríamos nos transformado num casal em que cada um vive a própria vida. Tantos casais vivem assim, apesar de tudo. Você ficaria ainda menos em casa, viajaria com mais frequência e para mais longe do que antes. Ele viria apanhar você e a traria para casa novamente. Os vizinhos iriam se acostumar a ver o carro dele chegando e indo embora. Os meninos iriam saber da existência dele. Todos iriam supor do que se tratava, embora poucos viessem a pensar nessa hipótese. E nós dois deixaríamos de falar no assunto, até nós. Seria um acordo tácito só nosso. De você eu não esperaria mais nada. Dormiríamos juntos com cada vez menos frequência. Não nos beijaríamos mais, a menos que algo extraordinário acontecesse. Beijos curtos, o equivalente a um tapinha de leve no ombro. Viveríamos cada um nossa própria vida, com interesses e amigos diferentes. Eu certamente ficaria um pouco deprimido, mas são tantos os homens que se deprimem. Entraria o outono vestindo minha jaqueta de verão puída, e passaria o verão vestindo meu casaco de inverno. Comeria demais, calçaria sapatos estropiados, demoraria para cortar meu cabelo e deixaria de me cuidar como deveria. Até esse meu lado relapso perderia seu charme. E então começaria a me exercitar mais, eu também, para compensar a humilhação. Ou talvez nem enxergasse tudo isso como humilhação. O amor tem a ver com poder, e as relações de poder sempre mudam, mesmo entre duas pessoas que vivem juntas. Cedo ou tarde, eu também me apaixonaria por alguém, discretamente, uma paixão leve e passageira, para reequilibrar a balança. Provavelmente, conheceria alguém num seminário para escritores. Alguém de cabelos curtos e óculos de armação fina, com a pele perfumada por um creme hidratante caro e vestindo um cardigã de caxemira cinza. Um daqueles maravilhosos de tão macios! Cada vez que ela se espreguiçasse, o cardigã deslizaria para cima e deixaria à mostra sua barriga lisinha e branca. E, quando eu a abraçasse, ela se entregaria completamente a mim, como jamais senti você fazer. Eu poderia viver assim, poderia me transformar nesse namorado seguro e confiável. Num relacionamento adulto e sóbrio, aparentando uma espécie de felicidade descomplicada para quem estivesse de fora. Mas não permitiria que isso fosse tão longe, seria muito ambíguo e lentamente me afastaria dessa relação. Jamais contaria dela para você, não compartilharemos mais essas coisas, você e eu. E se você continuasse com o Luva, cedo ou tarde voltaria para casa depois de ter brigado com ele. E eu estaria lá, como sempre. Perceberia que algo tinha acontecido e, com alguma sorte, compreenderia que o melhor a fazer seria deixar você em paz. Você iria tomar um banho, comer um pedaço de chocolate, o que é bastante incomum. Talvez viesse sentar ao meu lado, sem dizer nada, e eu a abraçasse, sem dizer nada também. Talvez adormecesse com a cabeça no meu ombro, e depois despertasse sem saber direito em qual ombro tinha apoiado a cabeça, no meu ou no dele. E, cedo ou tarde, eu sentiria sua mão me tocando novamente, a mão quente que acarinhava meu pescoço enquanto eu dirigia. Ou segurando meu braço, quando queria me dizer algo. Eu ainda ficaria imaginando por onde você teria passado aquela mão, durante todas as vezes em que esteve com ele e não comigo. Mas talvez você começasse a sentir falta daquilo que nós dois tivemos juntos, de como costumávamos flertar um com o outro por meio de outras pessoas, e de como acreditávamos que teríamos um estilo de vida diferente. Ou só eu quem pensava assim, que seríamos capazes de criar algo que ninguém mais sequer imaginou? Tudo era tão mais simples e pragmático para você. Enfim, se eu não tivesse ficado tão assustado, e se não tivesse me desesperado tanto, enlouquecido, e se tivesse apenas deixado você fazer o que queria com ele, por um ou dois ou três anos, então você provavelmente voltaria e seria aquela pessoa que um dia foi comigo, não acha? E viveríamos então uma forma mais madura de amor, uma ternura mais contida e realista? Uma confiança que se partiu e aos poucos foi sendo reparada? E nossos rostos, avariados pela vida, começariam a dar mostras da passagem do tempo e seriam mais suaves e gentis que antes. Fico fantasiando que nossos rostos ficariam procurando um ao outro com uma estranha expressão de resignação, uma curiosidade mais discreta e conformada. Você não concorda? Não seria essa segunda vida mais robusta do que a primeira que tentamos? Não seria uma vida possível para nós dois? Por que você não responde?

11

Algumas semanas depois, algo aconteceu comigo. Algo tomou forma na escuridão, dentro de mim, enquanto eu dormia. Nosso filho mais velho foi o único que compreendeu o que estava de fato se passando, e nunca contou nada a ninguém. Timmy e eu havíamos começado a nos distanciar, como dizíamos, ficávamos em casa semana sim, semana não, e aquela era a minha semana com as crianças. Estava em casa, era noite, o caçula dormia e o mais velho estava no quarto, diante do computador, jogando Sims com a porta aberta, algo muito incomum, porque não queria desgrudar os olhos de mim.

Ele me observava limpar a geladeira e descartar comida velha, alimentos que eu mesmo havia comprado e deixado lá. Não toquei em nada do que Timmy havia comprado, mas tudo que havíamos comprado juntos, enquanto ainda éramos um casal e estávamos casados, fui tirando das prateleiras e jogando no lixo. Vidros de mostarda, bisnagas com ovas de bacalhau, potes de azeitonas, latas de sardinha, molho para tacos, mango chutney, vidros engordurados com tomates secos, alcaparras empretecidas, geleia desidratada, caixas de creme azedo intumescidas, latas de cerveja, uma salsicha, limões ressequidos e um pé de alface cujas folhas já estavam amarronzadas nas extremidades. Também joguei fora um pote de mel ainda fechado, vários tubos de maionese, latas intocadas de atum e salmão defumado. Joguei no lixo tudo que estava lá na intenção de me ver livre também da nossa antiga vida: fui enchendo uma sacola de plástico atrás da outra, amarrando as pontas e atirando-as no lixo. A pesada tampa de plástico da lata de lixo bateu com força, fazendo um barulho tão alto que nosso filho conseguiu ouvir lá dentro. Devo ter me sentido mais aliviado, pois entrei em casa cantarolando uma música. E ele detestou aquilo, que eu cantasse, que tivesse descartado a comida que pertencia à família, significava que eu estava do lado errado, que estava acelerando as mudanças bruscas que nos afetavam a todos. Eu, obviamente, queria esquecer tudo o que tinha acontecido, e ele me desprezava por isso.

Assim que comecei a limpar a geladeira, ele veio até mim perguntar o que eu estava fazendo afinal, por que estava me desfazendo da nossa comida. Respondi que tudo ali estava vencido e a geladeira precisava ser limpa. Ele ficou assistindo àquela cena enquanto eu continuava a descartar tudo que costumávamos pôr sobre a mesa, do café da manhã ao jantar, durante uma vida que tivemos em comum. Uma lata de cavalinha com molho de pimenta que ninguém nunca comia, que jamais foi aberta, mas *sempre* era servida, e assim deveria ser, sempre, para que aquele mundo persistisse, da forma como meu filho precisava agora, mais do que antes. À medida que separava o velho do novo com rápidos movimentos de mão, percebia nele uma relutância, uma raiva, um desespero. Ele me encarava, pigarreava ostensivamente, notei um calor emanando de seus olhos, a sensação nauseante de sua pulsação nas têmporas, mas simplesmente continuei a fazer o que estava fazendo. Enfiei o braço na geladeira e tirei algo quase congelado lá do fundo, me virei em sua direção brandindo um pimentão vermelho tão murcho que mais parecia o coração de um bicho, perguntei de brincadeira se não queria comê-lo, era uma piada, ele abanou a cabeça enojado.

Ele se foi e fechou a porta do quarto. Bateu-a com força, chorando de raiva, mas aparentemente não me dei conta disso tampouco. Mais tarde, quando a cozinha estava novamente em silêncio, ele deve ter se perguntado o que eu estava aprontando. Talvez continuasse a jogar fora o restante das coisas que pertenciam a nossa antiga vida, talvez estivesse descartando fotos. Ele saiu do quarto e fingiu estar assistindo à TV. Eu estava sentado à mesa, lendo um livro e bebendo vinho num copinho americano. Olhei para ele, insinuei um sorriso sem graça, o sorriso que passei a exibir. Ele não gostava daquele sorriso que surgiu depois do divórcio. Foi ele quem usou esse termo, embora a separação ainda não estivesse formalizada. Não a suportava e deixava isso claro sempre que podia, enfatizando a pronúncia como se fossem duas palavras separadas, *di* e *vórcio*. Para ele, havíamos cometido um erro terrível, e de fato foi, especialmente para ele. Nossa família estava destruída, nossa intimidade estava exposta para quem quisesse ver. Nós lhe éramos motivo de vergonha. Estava sentado à mesa, debruçado sobre ela, sem mexer um músculo, como se dormisse, e ele não tirava os olhos de mim. De repente levantei o rosto do livro e perguntei se estava com fome, se queria comer alguma coisa comigo. Ele respondeu que não — havia comido um hambúrguer a caminho de casa, mas não quis me contar.

Ele se acomodou diante da TV e me observou caminhando novamente na direção da geladeira. A única coisa que não tive coragem de jogar fora foi uma tigela com sobras de risoto. Ele sabia bem o motivo: foi a última refeição que preparei para ela enquanto ainda éramos marido e mulher. Ela tinha viajado a trabalho e quando voltou para casa, tarde de noite, lá estava eu com a refeição pronta. Não havia nada de estranho nisso, estranho foi o que aconteceu em seguida. Nós nos sentamos à mesa, conversamos e, muito civilizadamente, pusemos um fim à nossa relação. Ela chorou um pouco, não muito. Umas poucas lágrimas rolaram do rosto e caíram no prato. Mais cedo eu havia chorado muito, tantas vezes ele presenciou essa cena no ano que se passou que só pode ter presumido que eu tivesse me tornado frio e determinado. Depois, ela foi dormir no quarto de hóspedes e eu lavei a louça. Guardei as sobras numa pequena tigela na prateleira mais alta do congelador, onde ficaram desde então.

Já haviam se passado três semanas.

Na tigela estavam os grãos de arroz roliços refogados com vinho branco e cogumelos italianos, pedaços crocantes de bacon, beterraba, tomilho, parmesão ralado. Agora, eu despejava o resto de risoto numa frigideira para aquecê-lo. Ele mantinha a atenção na TV sem deixar de acompanhar tudo que eu fazia, me observando continuar a jogar fora a comida que encontrava nos armários. Granola, temperos, sacos de farinha abertos e pacotes de biscoitos pela metade. Até mesmo pacotes fechados de batata frita e amendoins foram parar no lixo, apenas porque pertenciam a uma vida que não mais existia. Na manhã seguinte, ele decidiu resgatar os sacos de batata frita e amendoim do lixo. Assim o dia raiou na segunda-feira e fui embora novamente, ele pegou tudo e pôs de volta nos armários. As sobras da velha refeição do divórcio que decidi não descartar era o que eu estava comendo agora, por mais estranho que fosse. Ele me viu mexer a colher na frigideira até o arroz ficar quente, macio e dourado novamente. Comi direto da frigideira, de pé na bancada. Ostensivamente, não era típico da minha parte. Ele foi se sentar em outra cadeira, para não ter que presenciar essa cena, e voltou sua atenção para o que a TV exibia, um documentário sobre seitas religiosas nos Estados Unidos. A certa altura, uma ex-fiel da Igreja da Cientologia disse que nunca mais voltaria a ser ela mesma. Por mais que estivesse convencida de que antes tinha uma vida vazia, tudo que queria agora era ser uma pessoa comum, levar uma vida normal. Ele aumentou o volume, queria escutar o que ela tinha a dizer. As falas adquiriam um significado diferente conosco, naquela casa, naquele momento. Ele me ouviu enxaguar a frigideira e lavá-la em água quente. Sem saber a razão, percebeu que deixei a sujeira no fundo da pia. Era eu quem sempre dizia que era preciso limpar os restos de comida da pia, e depois enxaguá-la e enxugá-la. Era eu quem sempre reclamava dela e das crianças e limpava tudo de novo, porque não haviam feito o serviço direito da primeira vez. Agora, eu mesmo deixava a pia suja, e ele intuiu que de agora em diante seria assim. Migalhas, restos de iogurte e folhas de chá ficariam largados na pia, exatamente como ela fazia antes. Ele me fuzilou com o olhar, percebeu que eu tentava agir exatamente como Timmy, como se isso pudesse nos ajudar agora.

Mais tarde naquela mesma noite, ele viu que eu tinha deitado na cama com a roupa do corpo e mal estava coberto pelo edredom. Havia adormecido. Não fechava mais a porta do quarto, como ela e eu sempre fizemos. Estava deitado no meio da cama, como se tivesse desabado de uma grande altura. A luz permanecia acesa. Ele não gostou de encontrar a porta aberta e me ver assim ao passar a caminho do banheiro. E de eu não ter me recolhido como deveria, sem nem mesmo ter escovado os dentes, minha escova de dentes aparentava estar seca, ele reparou. Veio ao quarto desligar a luz do teto. Não acordei. Fechou a porta, foi para a cozinha e fritou um ovo. Quando veio se deitar, abriu novamente a porta do meu quarto. Eu estava de lado na cama, tinha obviamente tirado as roupas. Reparou no meu rosto iluminado pela luz do corredor, amarelado, como se coberto por uma máscara, parecendo uma face oriental que representasse a tristeza eterna. Eu dormia de boca aberta.

Duas semanas depois, comecei a mudar fisicamente. Emagreci bastante, meu rosto estava mais estreito, os zigomas estavam ainda mais salientes. Mas estava feliz desse jeito, pelo menos dava a impressão de estar. Numa tarde, enquanto fazia um novo furo no cinto com a faca de cozinha, me dei conta de que precisava comprar roupas novas, meu manequim havia diminuído dois números de tamanho. Estava até gostando, saltava aos olhos que eu aparentava uma certa felicidade, algo que o deixava ainda mais abalado. Ele estava preocupado comigo, porque eu não compreendia o que estava se passando comigo mesmo. O problema era, ele concluiu, que usamos um arroz arbóreo importado de um produtor italiano, e naquele pacote havia pequenos grãos de arroz cru, não polido. Grãos que foram empacotados tal como foram colhidos, ainda com as cascas. Não eram muitos, talvez um ou dois grãozinhos. Ficaram grudados na borda da panela, devo tê-los tomado por pedaços de cebola dourados, por isso não os remexi com a colher quando preparava a receita, por isso não foram parar no fundo da frigideira. Ali ficaram, crus, primeiro na superfície do risoto e depois no prato ainda quente. É possível que eu tenha guardado também os restos da comida que estava no prato dela, e o sal de suas lágrimas teria desencadeado uma reação química. Ele havia lido artigos na internet sobre a possível vida sob o gelo em planetas alienígenas, sobre novas doenças que acometem os intestinos de pessoas que comem alimentos geneticamente modificados. Os grãos de arroz podem ter ido parar na tigela das sobras de comida, aquela que eu tirei da geladeira e ostensivamente comi, faminto, direto da panela. Devorando tudo, inclusive os dois minúsculos grãos de arroz intocados desde os arrozais de Gênova: dois concentrados de vida à espera apenas da primeira oportunidade para germinar.

Já na primeira noite, quando ele me viu dormindo com o rosto amarelado e a boca entreaberta, os brotinhos de arroz devem ter grudado no tecido fino do meu estômago. Ali criaram raízes e começaram a crescer e, alguns dias depois, surgiram diminutos pés de arroz naquele ambiente úmido e quente. O capim fino ondulava na escuridão do meu estômago, absorvendo todos os nutrientes que eu ingeria. Toda vida orgânica se alimenta, principalmente, de outras vidas orgânicas, como é bem sabido, e agora meu estômago se convertera na base nutricional perfeita para um arrozal em miniatura.

Ele fez uma foto minha e a mostrou para a mãe, estava ansioso para saber o que ela diria. Ela e eu quase não nos vemos mais — a cada manhã de segunda-feira um de nós se vai pela porta e, à tarde, é o outro quem chega. Ficamos temporariamente hospedados em casas de amigos, e ele queria que ela visse meu estado agora: emaciado, sofrendo, vulnerável e febril. Na foto, eu aparecia de costas para a janela, estava escuro atrás de mim, e eu encarava a câmara com os olhos arregalados e uma expressão grave no semblante. Ele queria que isso a assustasse, que ela tomasse a iniciativa de me encontrar, que aquela imagem pudesse mudar algo entre nós. Mas ela se limitou a olhar a foto de relance e comentar que eu tinha deixado a barba crescer. Não desconfiava que havia um arrozal crescendo na minha barriga.

Nem mesmo eu sabia que abrigava dentro de mim as condições necessárias para hospedar algum tipo de vida. Talvez possa até ter desconfiado, meu filho ponderou consigo mesmo ao reparar em mim examinando meu corpo diante do espelho com bem mais frequência. Meus olhos estavam profundamente sulcados na face, a pele em volta deles estava enegrecida, da cor de uma bolsa de couro velha. Um eczema deixava minhas pálpebras vermelhas como fogo. Agora eu não era mais o pai dele, havia me tornado um senhor sisudo, de faces encovadas, que perdera a mulher para outro homem. Era constrangedor pensar assim. Costumava entrar no quarto dele querendo conversar sobre a vida, a vida que achava que era nossa, a vida em família, que, no entanto, dizia respeito só a mim. Ele precisava se proteger de mim, e apelou ao senso de humor para me manter à distância, passou a me chamar de The Thin Man, Esqueleto e Velhote. E, mesmo assim, ríamos juntos, até mais frequentemente do que antes. Também passou a enxergar a mãe com mais clareza, agora que não podia mais tê-la como parte indissolúvel do casal que eu e ela fomos. À noite, ela se sentava a seu lado, depois que o caçula havia ido dormir, para assistir aos filmes que ele queria ver, algo que nunca tinha acontecido antes. Ele percebeu que ela cobria os olhos com as mãos cada vez que alguém era baleado ou vítima de alguma forma de violência na tela. E sentiu pena ao ver que os cabelos dela haviam começado a desbotar nas raízes, nunca tinha prestado atenção àquilo antes. Achou até engraçado, mas ficou com a impressão de que a mãe era uma mulher solitária. Ela era uma mulher adulta que tinha se apaixonado por outro homem e pôs tudo a perder por causa dessa paixão. Mesmo assim, agora não queria falar sobre esse outro homem, a quem eu havia apelidado de Luva. Certas coisas haviam se tornado impossíveis para ela, era fácil perceber.

De mim ele não conseguia sentir pena, eu deveria ter sido mais cuidadoso, não deveria ter me humilhado tanto. Ele tinha me ouvido dizer que sua mãe poderia ter dois maridos se quisesse, e por isso jamais teria como me perdoar. Ele sabia que precisava cuidar da mãe agora, só não sabia exatamente como. Sugeriu que ela fosse ao cabeleireiro e tingisse novamente o cabelo. Formou uma família alternativa no Sims, em que eu e ela éramos casados, ainda continuávamos sendo uma família. Recriou os mesmos cômodos, com móveis parecidos, e os hábitos que tínhamos antes. Até permitiu que ela continuasse a se exercitar, mas sozinha, enquanto eu ficava em casa lendo livros. Assegurava-se de que nos alimentássemos direito, de que deixássemos tudo limpo e arrumado, de que dormíssemos bem à noite e saíssemos para trabalhar pela manhã. Providenciava que continuássemos a ganhar dinheiro, a fim de que não nos faltasse nada. Nos observava conversar animados ou discutir em *simês* fluente. Tentou me fazer jogar com ele, mas protestei por não reconhecer meu próprio avatar, um homem de cabelos lisos penteados para trás. Bem que tentou me dar cabelos mais finos, olhos maiores, nariz mais comprido, mas não fiquei feliz com nenhuma das alternativas. Certa noite, quando me deixou jogando sozinho, meu avatar ateou fogo a si mesmo. Incendiei a cozinha inteira enquanto preparava a comida, e ouvimos juntos os gritos desesperados e o som crepitante das chamas de mentirinha. Fora do jogo, eu começava a me transformar novamente. Depois de alguns meses, o arrozal na minha barriga murchou, provavelmente os brotos morreram por falta de luz. Voltei a fazer a barba diariamente e a ganhar peso. Não demorou para retornar a ser a pessoa que um dia fui.

Ele, porém, não gostou nada disso, de me ver voltando a ser eu mesmo, como se nada tivesse acontecido. Ficou traumatizado, e esse trauma perdurou durante anos. Era só um garoto que não tinha como se defender, teve uma educação muito protetora, não teve nenhuma oportunidade de prever o que se passava conosco. Era ele quem deveria mudar, não nós.

12

Porém nada disso aconteceu ainda. Continuamos morando juntos na mesma casa, Timmy e eu dormimos um ao lado do outro e achamos que continuaremos sendo marido e mulher, embora essa perspectiva tenha se tornado difícil para nós. É março, uma quinta-feira à noite, corpos se despem e se vestem em quartos grandes e pequenos, mas para nós essa noite nunca termina, dura até hoje, repetindo-se indefinidamente: ela volta ao trabalho depois do jantar, um pouco antes ou logo depois que nosso caçula vai se deitar. Isso se tornou uma espécie de hábito. Duas ou três vezes na semana ela espera esse momento chegar, senta-se à mesa, já conferiu os e-mails e os noticiários várias vezes, fecha o notebook, ajeita-se na cadeira e se espreguiça demoradamente, com as mãos sobre a cabeça, como sempre costumou fazer, e depois diz:

— Estou indo então.

E eu respondo algo, ou não digo nada, dessa vez apenas assinto. Sem olhar para mim ela percebe que isso me dilacera. Estou decepcionado por causa dela ou desesperado por minha causa, ela não sabe ou não quer saber, tenta se manter ao largo. Desde que se sentou à mesa, ela estava esperando a hora de ir. Ficou de olho no relógio do fogão, ajudou o caçula com a lição de casa e sussurrou em seu ouvido que ele é o menino mais legal do mundo. Ele está sentado com o peito encostado na mesa, algo que se repetirá ao longo do inverno e da primavera. A cada refeição, ele se senta rente à mesa e acompanha tudo. Cada objeto colocado ali produz vibrações, algumas vezes as vozes também vibram no tampo da mesa, e ele capta todos esses pequenos tremores com seu próprio pequeno esqueleto. Está sério e concentrado, com seus cabelos curtos e lisos e mãos macias. Ela acaricia o mais velho na nuca, de passagem, ele já começa a repelir todo tipo de carinho, mas ela tenta tocá-lo mesmo assim.

Nessa altura, ela é a única a dizer algo. Sua fala já não soa tão íntima como ela gostaria que fosse quando se refere a mim. Estou junto à bancada, me virei para ela com as sobrancelhas arqueadas, ela pode ver as rugas bem demarcadas na minha testa, as mesmas que os garotos gostavam de contar quando eram pequenos, sentados descalços sobre as minhas coxas, esticando-se para senti-las com os dedos. Ela se lembra de seus corpos leves e nus, das fraldas e das barriguinhas brancas, primeiro um e depois, passados alguns anos, o outro, os cabelos encaracolados e macios quando saíam do banho; num instante estavam pulando na nossa cama, no outro já estavam indo para a escola e, em seguida, metade da infância deles já havia transcorrido. Ela se emociona ao pensar sobre isso, fica feliz e enternecida, mas logo se agita e sente vontade de chorar.

Parece uma febre, ela está fora de si, o que pensa que está fazendo? Ela *precisa* ir encontrá-lo, é inevitável, passou a viver em dois mundos distintos. A poucos quilômetros dali, ele caminha de um lado para o outro na sala de casa, o corpo dourado, liso e esbelto vestindo calça e camisa sociais meticulosamente passadas. Ela projeta na mente uma imagem dele, virando-se em sua direção, sorrindo e inclinando levemente a cabeça, um pouco tímido diante do tanto que ambos construíram, a atração, a confirmação, a excitação presente nesse contato. Não é verdade que o amor tenha surgido do nada, como se por acaso, eles o permitiram florescer, ela e ele, o estimularam intencionalmente trocando olhares, toques, palavras. E agora estão profundamente enredados nisso, em algum momento uma mudança irreversível ocorreu: a fidelidade que os une supera qualquer outra. De todo modo, é assim que ela se sente. Ele lhe diz que sente o pulso acelerar cada vez que vê a tela do celular se iluminar com seu nome. Diz que ela é a resposta para tudo que nem desconfiava que sentia falta na vida. É possível que diga outras coisas também, mas tudo que fala ajuda a fortalecer esses sentimentos, aumentar a expectativa. Ela é movida por um desejo de felicidade incontornável, o desejo de ir até o fim, não importa quais sejam as consequências. Talvez tenha sido assim, é verdade, deve ter sido assim. Mais tarde, quando conta a outros sobre isso, o relato soa um tanto estranho, parece inverossímil, mas agora é ela quem está no epicentro, só quer saber disso e nada mais, reafirma essa verdade para si mesma e para ele, desprende-se de todas as amarras e mergulha no calor daquela escuridão.

E eu estou em seu caminho, é assim que parece. Concretamente, agora estou bem diante dela na cozinha, esperando que ela explique ou argumente por que tem de encontrá-lo novamente essa noite. Será a quarta noite essa semana, mas não há mais nada a dizer, ela avalia, não há mais tempo a perder. Afasto-me dela e continuo a limpar, deslocando-me pela cozinha com movimentos tranquilos e estudados. Não largo um só prato com força na bancada, para que ela perceba que não estou irritado. Fui eu mesmo quem a incentivou a agir assim. É até possível que tenha me esforçado para lhe facilitar as coisas, embora nesse caso não tenha me saído bem. A carga emocional é transmitida de um corpo a outro numa velocidade maior que a do som, e ela nem precisa olhar no meu rosto para sentir que as coisas não estão bem, que nada está bem.

Todas as emoções que supõe existirem em mim afloram nela antes mesmo que se dê conta disso. Ela fica indócil e se levanta abruptamente, seu tom de voz trai o mau humor quando ela diz *Tchau, agora estou indo*. Ela se arrepende, mas já está atrasada, e sai batendo a porta com mais força que o de costume. Senta-se no banco do corredor, calça as botas que chegam à altura dos joelhos, as botas de camurça, levanta-se e pega o casaco impermeável, enfia os braços nas mangas, arruma o colarinho e fecha os botões. Três grandes botões de madrepérola, seus dedos os fazem deslizar sem dificuldade pela abertura bordada das casas. Ela se observa, imagina o olhar dele, como a estaria admirando agora. O casaco é azul-claro, liso e acinturado, com uma cinta larga acima dos quadris. Não é justo demais, não a aperta, ela não suporta isso, sente-se presa de imediato, é apenas justo o bastante para deixá-la elegante. Em certos dias ela se sente abraçada ao vesti-lo, até hoje. Foi um presente que lhe dei de Natal e ela continuou a usar mesmo depois que já não era seu marido, de quem não ganha mais presentes, nem mesmo de aniversário, embora nada naquela peça de vestuário a faça lembrar de mim nem daquilo que chamamos de nosso amor. Ela tem um monte de coisas que não pode mais usar porque as herdou de mim: o vestidinho jeans azulado e um cardigã cinza comprido, calças jeans brancas e praticamente toda a maquiagem que possui. Ela deixou de usar joias. Quanto àquele casaco, já não tem mais nada a ver comigo, embora o tenha ganhado de mim. Trocamos presentes caros no Natal passado, ela rasgou o papel, abriu a caixa e lá dentro estava o casaco azul-claro, comprado numa butique. Ela mesma vira aquele casaco alguns dias antes do Natal, numa das lojas que eu costumava frequentar quando queria lhe presentear com algo, e sentiu uma súbita vontade de comprá-lo, por isso lhe dei de presente. Ela o retirou da caixa e disse *Que incrível, tão lindo*, e foi como se já tivesse dito aquilo antes, não soou autêntico, ela logo se deu conta. Seu erro foi dizer a mesma coisa que talvez tenha dito no ano anterior. Eu estava retirando os presentes das crianças debaixo da árvore e, quando me pus de pé novamente, ela percebeu minha contrariedade, minha decepção. Franzi o cenho, tudo que existia de vida pulsando em mim desapareceu no interior do meu corpo, foi como se tivesse ficado invisível.

É provável que sinta falta dela para sempre, ela pensa. Minha solidão iminente é proporcional à enorme felicidade que sente agora. Ela está plena de paixão e contentamento em proporções que se alternam e muitas vezes deságuam num único sentimento: a amargura que sobrevém ao amor, a ternura agridoce cuja intenção não é apenas nobre, uma forma dilacerada de compaixão, na qual todas as pequenas irritações se misturam à comiseração que sente e o desejo de se afastar de mim sem que pareça uma traição.

Crescemos e nos tornamos adultos juntos, tivemos filhos para reafirmar nosso amor numa carne nova e viva. Uma criança é a confirmação extrema do amor, mesmo se esse amor se provar breve, mesmo que tenha sido uma atração física transitória, até mesmo se for duradouro e não tenha criado raízes. Muitas pessoas vivem juntas sem nenhuma razão mais profunda, talvez tenha sido esse o nosso caso, afinal? Ela achava que estávamos tão profunda e intimamente ligados, mais do que qualquer um que conhecêssemos. Se o amor acabasse teria um efeito retroativo, embora nem desconfiássemos ainda, mas era assim agora: se um dia o amor não mais existir foi porque ele jamais existiu.

Ainda havia os filhos, naturalmente, mas não eram mais a confirmação do nosso amor, nós os libertamos desse fardo. Eles seriam como outros filhos de pais separados, abandonados à própria sorte e à nossa guarda compartilhada, embora eles tampouco soubessem disso, assim como nós.

Ela ainda está de pé na escada do lado de fora de nossa casa, com um xale azul-escuro em volta do pescoço, que puxa próximo à boca até sentir o calor da própria respiração. Ela fecha o portão ao passar e vai a passos rápidos pela calçada. A neve, as luzes das ruas, as janelas brilhantes das casas. O coração palpita atrás das costelas. Os dedos se enrolam dentro das luvas. Escurece, mas uma luz metálica subsiste àquela escuridão, essa luz latente em breve se acenderá, ela sente nas pontas dos dedos. Em breve a neve irá ceder, em breve as noites serão mais curtas, em breve a grama irá despontar nos jardins, tão verde como era antes de ter sido encoberta pelo manto branco. Quando ela era criança, há pouco mais de quarenta anos, a grama amarelava no outono, mas agora fica verde até ser coberta de neve, e continua dessa mesma cor ao ressurgir, em abril. É nisso que ela pensa agora, para se manter feliz e esperançosa até se distanciar de casa o suficiente. Em breve o cascalho emergirá novamente nas vias, em breve todos os objetos atirados com raiva na neve ressurgirão e se mostrarão para todos, desbotados, miseráveis e nauseantes ao olhar. Em breve o trinado dos chapins, pardais e tordos ecoará pelas manhãs, e assim por diante. Em breve será primavera e depois verão, e o que será de nós dois então? Ela não ousa pensar nisso, ela quer acreditar, mas é nisso que passa o tempo inteiro pensando.

    Duas ou três tardes por semana e todos os domingos ela volta ao trabalho apenas para encontrá-lo. O escritório é um dos poucos locais onde podem se ver quando não estão escalando, correndo ou esquiando. Eles começaram a planejar um novo projeto juntos que esperam será aprovado pela gerência, algo sobre questões de saúde pública. É o pretexto que têm para trabalharem juntos. Poucas pessoas estão no plantão, e assim a porta do escritório pode muito bem ficar aberta, ninguém os irá perturbar. Ela geralmente sai de casa depois que nosso caçula vai dormir, embora às vezes calhe de ir até mais cedo. Depende do horário que mais convier a Harald, ele também tem uma família. Tem filhos que precisam ser levados de um lugar a outro, e um casamento que pretende continuar sendo um casamento, pelo menos nas aparências. Ela não sabe o que ele disse em casa, talvez nada. Não sabe no que pensa quando está sozinho consigo mesmo. Não sabe se sente a mesma coisa. Às vezes chega a sentir vertigens e se pergunta É só comigo que isso está acontecendo? Estou sozinha nisso? Todas as tardes, quando ele finalmente surge pela porta da repartição, porém, ela sente o efeito daquela presença em seu próprio rosto. Das sombras ele sai e dá um passo para a luz, e é seu próprio brilho que ela vê refletido nele. Ela abre a porta para que entre, os dois sobem as escadas um atrás do outro, ela na frente, e, assim que chegam ao corredor mal iluminado, ela se vira para ele e deixa que a abrace. Seus rostos se procuram. Os rostos humanos são tão ofensivamente nus, fáceis de decifrar e expressivos, e os corpos estão sempre procurando outros corpos. Agora que estão juntos, tudo o mais desaparece ao seu redor. Ele a abraça, ela o abraça. Eles se soltam e recuam um passo para se olhar nos olhos. Uma felicidade que resplandece, uma atração mútua. Quem poderia resistir? Quase ninguém, certamente ela não, não agora. Ela segue na frente e entra no escritório. Não é segredo para ninguém que estão ali, estão afinal trabalhando, foi o que disseram em casa e também a seus colegas. Nessa noite, estão sentados lado a lado olhando para uma tela, alternando-se no teclado. Ele aproxima a perna, ela encosta a coxa na dele. Aconteceu várias vezes antes, os dois sentados juntinhos, ela sabe que eu sei, conversando baixinho, rindo juntos, olhando-se nos olhos. Essas pequenas intimidades se tornaram frequentes, eles se tocam e se sentam bem próximos, não é agora que vão parar. Faz tempo que trocam pequenas e grandes confidências, sobre os filhos, sobre o que fazem quando não estão juntos. Lembram-se do que o outro falou, lembram-se de perguntar como está a criança que caiu da escada, a torneira da cozinha que de repente começou a vazar e o encanador que, em vez daquela, consertou a torneira do banheiro. E assim, à distância e ainda assim tão íntimos, vão acompanhando a vida um do outro. Conversam naquela sala pequena a meia-voz, com cumplicidade, no mesmo tom e com a mesma intensidade, começaram a falar da mesma maneira que o outro. Como um casal, pensa ela, como se já vivessem juntos. Talvez fossem tão parecidos desde sempre, foi um imenso golpe de sorte que finalmente tenham se conhecido agora. Talvez nada tivesse acontecido se aquela troca de olhares não tivesse se demorado um pouco mais, ela pensa mais tarde. Nenhum dos dois teria capitulado ao outro, cada um teria seguido seu rumo, um deles teria desviado o rosto de lado. Em ambos: um aumento acelerado no fluxo sanguíneo até nos mais finos dos capilares.

 Naquela noite ele de repente põe a mão sobre a mão esquerda dela, sobre o teclado, e a deixa ali. Ela para de falar. Sente aquela mão abarcando a sua. Sente o sangue pulsando nela, martelando-a de leve como um relógio orgânico tiquetaqueando na carne. É emocionante, quase inacreditável sentir o pulsar das veias dele. Ele diz algo, ela não faz ideia do quê, e se inclina de lado no mesmo instante em que ele faz o mesmo. É estranho que não tenha acontecido antes, mas eles resistiram por quase um ano, adiando aquele momento, que agora chega: ela abre a boca e sente a boca dele, os lábios secos e quentes, a língua fria da extremidade até a base, ela sente, e pensa que ele estava sentado de boca aberta, tenso, pressentindo aquela oportunidade de se aproximar, e finalmente aquelas duas bocas se unem, se envolvem, se abarcam.

Timmy e Harald se beijam. As bocas se sugam. Os braços dele a envolvem, ele a puxa para mais perto, suas mãos se movem pelas costas dela, descem aos quadris, à virilha, depois sobem até o ombro, onde a blusa escorregou para que ele possa sentir o contato com a pele nua. Com a outra mão ele a segura pelo quadril e a traz para mais perto, as cadeiras do escritório se chocam uma na outra, ele tenta fazê-la sentar em seu colo, mas ela não quer, agora não. Ele está vestindo mais roupas que o habitual, uma camisa xadrez com uma camiseta por baixo. Ela pôs as mãos em volta de suas costas, uma delas segurando bem no alto, próximo ao ombro, e a outra mais embaixo, na parte inferior da lombar. Tocando a pele sob a camisa, correu os dedos por sua espinha, um momento tão inacreditável, a primeira vez que sentia sua pele nua pelas próprias mãos. Ela não reflete sobre isso até bem mais tarde. Um beijo que dura uma hora, um mês, poderia durar uma vida inteira. Ele respira pelo nariz e responde com a própria língua, ela não consegue deixar de suspirar e gemer, produzindo sons que um corpo faz quando quer se unir a outro. Isso o deixa mais seguro, ou mais ansioso, ele enfia a mão pela parte de trás do cós da calça, puxa-a para mais perto, sim, mas agora chega, o resto é inacessível para ela e, portanto, também para mim.

Ela descerra uma cortina escura sobre o que ocorreu em sua sala naquela noite. Deixa que tudo aconteça sem olhar em perspectiva, e depois tenta evitar aquele pensamento. É claro que não consegue, ela está radiante, iluminada, como se uma luz se acendesse no seu interior e fosse visível de longe, através da pele. Sim, agora ela está realmente trilhando uma nova estrada, afastando-se da antiga vida que deixou para trás, e os desdobramentos desse instante estarão evidentes em tudo que fizer e disser pelos dias que virão. O que ela não quer é se ver forçada a elaborar sobre isso, não quer pôr aqueles sentimentos em palavras e ações. Seu rosto está ruborizado, seu corpo, ligeiramente febril e acelerado. Ela perde objetos facilmente, esquece o que vai dizer. Procura ficar sozinha sempre que surge a oportunidade, passa longos períodos com o olhar perdido no horizonte, sorrindo à toa.

Volta para casa tarde, ainda mais tarde que o de costume. Tranca a porta sem fazer barulho, tira as botas e pendura o casaco. A casa está às escuras, arrumada e limpa, a bancada da cozinha a recebe com sua superfície reluzente: uma torradeira solitária, os pequenos olhos verdes da máquina de café, as lustrosas galhetas de vinagre e azeite mantêm sua dignidade, a luz suave refletida harmoniosamente no tampo de vidro do fogão inspira segurança, a metade de uma manga repousa num prato com a casca verde-escura voltada para cima. Cuidadosamente, ela abre a porta dos quartos das crianças para olhar para elas. Primeiro o caçula, depois o mais velho. Os dois dormem, respirando suavemente um hálito carregado de ternura. Ainda são crianças, inclusive aquele que já se acha um adulto. Ele nem desconfia do que ela sabe agora. Está dormindo com a barriga para cima e a boca entreaberta, como o bebê que um dia foi não faz tanto tempo.

Ela vai para o banheiro, tenta evitar o reflexo no espelho, mas ainda precisa olhar mesmo assim. Primeiro, apenas um olhar penetrante nos próprios olhos: *O que eu fiz, não posso me arrepender, um turbilhão de emoções, não posso resistir, como será, com o quê, com tudo, quem sabe, vou me encontrar com ele amanhã.*

Ela toma uma ducha, um pouco a contragosto, não quer remover a presença dele do corpo, mas não parece correto deitar-se a meu lado sem ter tomado um banho antes. Ela o lava de si para protegê-lo, ela pensa, para que eu não entre em contato com os vestígios dele no corpo. Escova os dentes e se lambuza com o creme hidratante, acariciando-se com o creme e pensando nas mãos dele, como se ele a tocasse. Pensando nas próprias mãos como se fossem as dele. Não, ela se apressa para sair do banheiro. Quer apenas descansar e dormir. E então mergulha na escuridão do nosso quarto, onde estou adormecido de um lado da cama. É mais fácil do que parece esgueirar-se pelas rachaduras da existência, transitar de um modo de vida a outro. Num breve instante ela está de volta àquela vida que lhe pertencia antes.

Com cuidado, ela se deita do seu lado da cama. Estou dormindo de camiseta e cueca, ela percebe quando se enfia debaixo do edredom de casal. Fica feliz de ver aquilo, é mais um indício de que nosso relacionamento entrou numa fase terminal também para mim. De agora em diante, não vamos mais dormir nus juntos. Ela mal consegue ouvir minha respiração. Imagine se eu estivesse morto, ali, do nada? Vitimado por um derrame ou um ataque cardíaco, uma morte súbita. Adultos costumam morrer de repente, e, se estivesse mesmo morto agora, ela não teria problemas para lidar com o luto. Sairia por aí exibindo uma dor sincera e serena, ao mesmo tempo que estaria feliz, apaixonada e viva. É uma ideia surpreendente essa que lhe ocorre, ela acha que consegue compreender como um cônjuge pode tirar a vida do outro, como alguém pode de repente não ter alternativa a não ser recorrer a um veneno, disparar na cabeça com uma pistola ou enforcar com as próprias mãos a pessoa com quem dormia nu e tinha uma convivência relativamente feliz até poucos dias atrás. Provavelmente não havia outra maneira de se libertar. O outro precisa morrer dentro de você, ser derrotado, desaparecer. Ela precisa se libertar de mim, e já o fez. Em sua vida interior, que agora se tornou sua única vida real, eu nem mais existo, já sucumbi, fui apagado. Morri pacificamente, num átimo me tornei desimportante, fui relegado à periferia de sua vida sem mesmo me dar conta disso.

Porém o mais difícil é que, sim, eu já sei, sei mais do que ninguém as mudanças pelas quais ela está passando. Registro-as com o olhar à medida que ocorrem, tenha ela me contado ou não. Tornei-me uma espécie de vidente, descobrindo sinais em todos os lugares e vislumbrando o que se passa em seu íntimo. O ciúme funciona assim, me permite antever tudo o que está para ocorrer bem antes que de fato ocorra. Antecipei esse cenário durante tanto tempo que permiti que ele se concretizasse, é essa a sensação que tenho. E, caso não estivesse absolutamente convencido de que sei tudo sobre os dois, talvez ela simplesmente esperasse a poeira baixar e a situação se resolver por si.

Ela dorme sozinha, de costas, repousando uma mão sobre a outra, como se estivesse doente. Mas doente não está, está mais saudável do que antes, sente-se protegida por tudo que aconteceu e pelo que está por vir. Tudo que lhe acontece agora é bom, todas as mudanças vêm para o bem.

Na manhã seguinte ela está gentil e um pouco alheia, e consegue me manter à distância. É um sábado, ela me conta que precisará trabalhar com ele hoje também, os dois têm um prazo que precisam cumprir. Ela fala sem rodeios, mal consegue disfarçar a tentação de dizer o que realmente está pensando. Diz que espera que esteja tudo bem para mim. Vai falando enquanto caminha pela casa e evita me olhar nos olhos, diz tudo que precisa dizer sem que eu possa encará-la. Registra minha resistência, minha relutância, minha decepção ou o que quer que seja, mas não se deixa afetar, afinal nada disso mais é relevante, agora que habita num outro mundo, na companhia de outro.

Ela se vai e passa o dia todo longe de casa, o compromisso de retornar às três é adiado para as cinco horas, depois para as sete, *Tudo leva tempo*, em seguida para as nove, *Desculpe, estamos quase terminando*! Só retorna às nove e meia. Fica com os meninos até que durmam e em seguida vai para a cama também. Quer paz, precisa fechar os olhos e se concentrar no que realmente importa, guardar forças para usar naquilo que é novo e vital, mas não consegue escapar de mim, deitado na cama, de lado, com as roupas do corpo. Por um instante acha que estou dormindo, mas então percebe que estou chorando, ou que chorei, e se deita a meu lado. Acaricia meu rosto com uma das mãos. Fala calmamente comigo, diz meu nome, procura me consolar, consegue me consolar e me fazer parar de soluçar. Ficamos deitados assim um bom tempo, um ao lado do outro. Ela adormece, acorda e me percebe inquieto quando passa muito tempo imóvel, e continua a me acariciar. É um momento de tranquilidade, intimidade, beleza, ela mesma acha. Mesmo assim, se sente aliviada por não precisar dizer nada. Por um lado foi até bom eu ter previsto tudo que iria acontecer bem antes de ter acontecido. Dessa forma poderemos terminar nosso relacionamento com calma, preservando o que houve nele, e ajudar um ao outro a seguir adiante mantendo alguma dignidade.

É quando eu me viro para ela. Não consegui conciliar o sono, afinal. Seguro-a pelas mãos, acaricio seu punho, os dedos. Muito tempo atrás, eu costumava correr o indicador e o polegar pelos dedos dela, um a um, da base à ponta, como se estivesse tirando uma peça de roupa, como se a despisse, dedo após dedo. E agora faço isso novamente. Começo pelo polegar, depois o indicador, vou avançando até o mindinho, primeiro numa mão, depois na outra. Ela costumava gostar, costumava me pedir para fazer isso, mas agora apenas espera que eu termine.

Digo que ela tem mãos bonitas, que gosto de admirá-las, que gosto de pensar no que pode fazer com elas. Ela pensa no que fez com elas e espera que eu diga, que sei o que aconteceu. Mas digo:

— Pense em tudo que suas mãos fizeram comigo. Um dia talvez você vá fazer o mesmo com outro homem. Gostaria de ver.

Ela me vê deitar de costas, puxar a cueca até os joelhos, quero que ela me toque, ou vou eu mesmo me tocar enquanto ela observa. Ela recua um pouco. Acha que havíamos terminado assim, acreditando que eu sabia de tudo que ocorreu ontem e hoje, certa de que eu tinha percebido. Tudo que ela e eu teríamos de fazer juntos agora era encontrar uma maneira de nos separar, tranquila e civilizadamente, preservando uma espécie de amizade afetuosa. De agora em diante seríamos como irmão e irmã.

Agora me sinto seguro novamente, porque ela está deitada a meu lado, ou porque deitou e acaricia meu rosto com a mão. Ou porque não consigo imaginar que pudesse realmente acontecer o que aconteceu, que ela não é mais minha mulher — não é mais minha amante, não pode ser, pois não sou isso para ela tampouco.

Poucos dias atrás eu tinha dito: Não somos capazes de superar isso? Eu não deveria ser capaz de suportar que ela se apaixonasse por outro? Quem mais deveria, a não ser eu? Quem mais poderia viver uma paixão extraconjugal tão avassaladora, a não ser ela? Nosso amor não deveria resistir a isso? Não era isso que sempre dizíamos um ao outro sobre todas as pessoas que considerávamos bonitas, atraentes, tesudas? Tudo isso eu disse, ela se lembra de como essas palavras me escaparam da boca junto com a respiração, erráticas, íntimas e doces, e a estapearam bem na cara. Nós nos abraçávamos antes de ela sair de casa, nos beijávamos enquanto eu dizia tudo aquilo, e finalmente ela perguntou se eu a achava bonita. Ela havia se maquiado, tentei provocá-la dizendo que havia se maquiado para ele. Depois, ela se virou no portão e acenou para mim. Nosso casamento não se parecia a nenhum outro, ela achava, mas agora não sabe mais dizer o que queria dizer com isso.

Ela se senta, quer sair do quarto, da casa, não sabe mais o que me dizer. Acabou de lhe ocorrer que gostaria de me contar o que aconteceu, o que lhe aconteceu — um prazer tão intenso, uma paixão tão desmedida. Não havia se apaixonado por ninguém desde que se apaixonou por mim, há quase vinte anos. Na verdade, nunca esteve tão apaixonada, ela pensa nisso com um furor quase colérico. Quer me dizer que nunca experimentou nada parecido com isso, nem mesmo comigo. Logo ela, que nunca achou que fosse se apaixonar por ninguém mais, nunca! Ou quem sabe até ansiasse por isso, quem sabe em segredo viesse se preparando para isso? Em retrospecto, é impossível acreditar em outra coisa. Uma outra vida se descortinou. Ela queria compartilhá-la comigo, a pessoa com quem tinha mais intimidade. Na verdade, deveria ser possível, ela acreditou, que nós dois pudéssemos conversar calmamente sobre isso, que eu até mesmo fosse capaz de partilhar da imensa alegria que ela sentia. Que ficaria feliz por sua causa e manteria uma espécie de distância respeitosa.

A verdade é que eu não entendia nada do que estava se passando com ela, mesmo depois de tudo que disse e fantasiei. Acreditei que poderia encará-la de frente, algo em que ela mesma também quase chegou a acreditar. Mas agora, quando chega em casa transformada em outra pessoa, ou finalmente transformada em si mesma, não estou em condições de encará-la. Seu rosto está arranhado pela barba de outro homem, mas não consigo enxergar isso. Suas mãos fizeram coisas que mal posso imaginar, em todo o corpo dele, coisas que não sou capaz de cheirar ou sentir. Ela acha que deve me contar, que não consegue guardar aquilo para si. E então me escuta repetir:

— Quero que você faça isso com ele. Sei que vai acontecer, mais dia, menos dia. E sei que você vai querer me contar depois.

É o que digo, mais uma vez, e soa tão irreal para ela que chega a incomodá-la. Ela não imaginou que pudesse acontecer, que eu estaria na sua frente, nu, dizendo essas coisas, e ela fosse achar essa experiência desagradável. Puxei o edredom de lado para que ela pudesse me ver. Quero que ela me diga o que deseja fazer com ele. E ela não consegue me contar o que aconteceu, não agora, não enquanto fico ali deitado me iludindo, acreditando que tudo que ainda tem algum significado para ela tem a ver comigo, pertence a mim e a minha vida. Ela não consegue me falar sobre ele e sobre o que fizeram juntos. Jamais irá me contar suas intimidades novamente, ela se dá conta de repente, de agora em diante é cada um por si, ela que cuide disso, sua vida nunca mais será a minha.

No entanto, estou ali deitado diante dela, sem a roupa de baixo, com o corpo virado de lado, me masturbando. Ela vê que seguro a mão em volta do pênis, como qualquer homem que segurasse seus órgãos genitais. Ela tem o olhar fixo em mim, não consegue desviar o rosto. Peço a ela que me conte, diga o que tem vontade de fazer com ele. E ela não diz nada. Não consegue, fica deitada a meu lado na cama e me escuta falar sozinho. Como se contasse uma história, uma ficção parecida com outras que inventei antes, ele aparecendo de repente na porta da nossa casa, sem ter sido convidado. Digo que ele a leva para o quarto e fico do lado de fora da porta escutando os barulhos, os ruídos que faz enquanto está deitada nua com outra pessoa. Presto especial atenção aos detalhes, ao som da porta sendo trancada, aos seus gemidos quando se deita sob ele. E ao que os dois sussurram um para o outro, depois, quando já não consigo saber o que dizem, só o tom carinhoso em suas vozes é perceptível.

Tudo isso ela já me ouviu dizer várias vezes. E agora me ouve mais uma, olhando para mim enquanto me masturbo, enquanto discorro sobre como serei descartado, sobre como me divorciarei do próprio ego apenas para ver e ouvir o que ela fará com outros homens, porque eu mesmo não existirei mais. Seguro meu pênis, ela se dá conta de que agora o vê pela última vez, esbranquiçado e avermelhado e depois esbranquiçado e avermelhado novamente, puxo o prepúcio para a frente e para trás, primeiro devagar e depois mais rápido, num movimento cadenciado e de certa forma desconectado de qualquer outro no mundo. Em breve serei apenas mais um homem que ela conheceu, alguém com quem conviveu de perto e de quem foi íntima durante algum tempo, numa vida anterior. Ela observa minha mão se movendo, rápido, rápido, para cima e para baixo, num gesto que não se parece com nenhum outro. Quer dizer, sim, parece um animal quando se coça. Um cachorro raspando as unhas atrás da orelha enquanto a cauda bate forte e compassadamente no chão. E é assim mesmo, ela pensa. É uma comichão que já vai passar, estou só tentando me aliviar de uma coceira terrível, estou apenas tentando tornar minha vida mais fácil.

Com a outra mão puxo a camiseta para descobrir a barriga. Quero me desnudar ainda mais para ela, ou para mim mesmo. Além disso, sinto que vou gozar em breve e não quero melar minhas roupas. Estou vestindo uma camiseta razoavelmente nova, estampada no peito, a estampa é uma laranja azul brilhante. Não me cai tão bem, meu rosto é muito pálido para aquela cor, mas fui eu quem a comprou, ela não compra mais roupas para mim. Ela segura meu ombro, talvez para me dar uma espécie de apoio, uma última carícia. Talvez para me dar a certeza de que não estou tão sozinho quanto imagino que de fato estou, e nem mesmo ela sabe. Ela me ouve gritar de alívio. Ela vê que estremeço e um jato concentrado de fluido corporal esbranquiçado se derrama e escorre, inútil e desprazeroso, sobre os ossos salientes do dorso da minha mão. O orgasmo é instantâneo como uma reação química. Parece pequeno e pobre à distância, mas para quem experimenta o prazer ele se espraia e preenche todas as lacunas da existência num intervalo de poucos segundos. Ela vê meu rosto desmoronar. Minha boca se abre, meus olhos se fecham, minha mão cai imóvel sobre o lençol. Fico deitado como se tivesse morrido durante alguns segundos e então desperto e puxo o edredom. Ela me ajuda a cobrir meu corpo. Fico enrodilhado debaixo dele, ela percebe. Trago as mãos ao rosto e começo a chorar — soluçando, indefeso, um soluço que brota das profundezas do meu ser, minha voz soa ainda mais grave que o normal. Não sou mais a pessoa que ela um dia conheceu, minha fala nem parece a de um ser humano. Ela se deita atrás de mim, ainda repousando a mão sobre meu ombro. Como para lembrar a si mesma de que tudo isso irá passar, tudo. São apenas emoções. Ainda que fortes, violentas, que a tudo consomem embaralhando sentimentos, meus e dela, com tal ímpeto que podem destruir um mundo inteiro, não passam de emoções apenas. E assim, mais cedo ou mais tarde, também irão perecer, perderão sua validade e lentamente afrouxarão suas garras.

Exemplares impressos em OFFSET sobre papel cartão LD 250 g/m² e Pólen Soft LD 80 g/m² da Suzano Papel e Celulose para a Editora Rua do Sabão.